さとの
[イラスト]
しがない
兼業神主の
八百万な日常

「えっと、本殿まで
お連れすれば
よろしいので？」
山宮翔太

『いや、手前の小屋で構わん』
お白様

掛《か》けまくも畏《かしこ》き　白水《はくすい》の大前《おおまえ》に
恐《かしこ》み恐《かしこ》みも白《もう》さく
諸々《もろもろ》の禍事《まがごと》　罪《つみ》　穢《けがれ》も　有《あ》らむをば
祓《はら》へ給《たま》ひ　清《きよ》め給《たま》へと
白《もう》すことを聞《き》こし召《め》せと
恐《かしこ》み恐《かしこ》みも白《もう》す

ーーい!!
ムラ爺
永井少年の彼女
永井少年

かんぱー
水谷結衣

Shiganai kengyou kannushi no yaoyorozu na nichijou

もくじ

しがない兼業神主の八百万な日常

さとの

［イラスト］
Izumi

Shiganai kengyou
kannushi no
yaoyorozu na nichijou

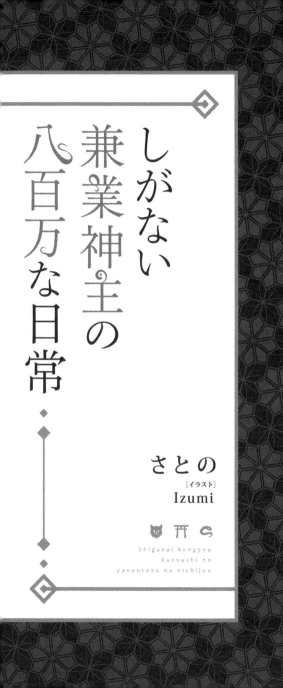

第一話　社畜《しゃちく》を辞めて神主になりました

桜の花びらが舞い散る神社の境内《けいだい》。

浅葱色《あさぎいろ》の袴《はかま》の狩衣《かりぎぬ》を身にまとった俺《おれ》は、静かに砂利を踏んで拝殿に向かった。

お社の前で姿勢を正し、すっと息を吸い込む。から、から、からんと鈴を鳴らすと、作法にのっとって、拝礼する。

二拝二拍手一拝。

賽銭《さいせん》箱の上には、額に小さな角の生えた白蛇がとぐろを巻いて、瞳孔の細い目で俺を見た。

――今日から俺は、神主になる。

＊＊＊

そもそものことの起こりは、三か月前ほどだ。

小さなＩＴ企業で、社畜なシステムエンジニアをしていた俺は、案件が炎上したせいで年末年始は帰省もできず、世間の人から遅れて一月中旬ごろに休みをもらい、地元へ帰省した。

うちの地元は、電車が一時間に一本しかない典型的な田舎で、駅前にスーパーが一軒と、県道沿いにコンビニが一軒、あとは水田と畑が広がるのどかなところだ。

そう遠くないところに山があって、ちなみに海も近い。太平洋側だから、雪はほとんど降らない。

そんな田舎の駅に降り立ち、とぼとぼ農道を歩いて、疲れで足取りも重く実家の玄関のドアを開けると——。


山積みのダンボールに出迎えられた。

「は、何これ？」


ダンボールの陰から、おふくろが顔を出す。

「あら、おかえり」

「いや、このダンボール、何？」

「見ての通り、引っ越しの準備よ」

「引っ越し⁉」

聞いていない、と言う俺をよそに、「適当にしてて」とおふくろは涼しい顔をして引っ込んだ。

とりあえずリビングに向かうと、親父《おやじ》は食卓に座ってのんびりと新聞を読んでいた。

「おお、翔太《しょうた》。帰ったか」

大きな病気をして最近まで入院していた親父は、少し痩せた気はするものの、声は元気そうだった。

「なあ、引っ越しするって聞いたんだけど」

冗談だよな、という気持ちをこめてたずねたが、親父はあっさり「そうだ」とうなずいた。

「いやあ、急に決まってな。療養をかねて、加奈《かな》のいる沖縄に行くことにした」


加奈は俺の三つ下の妹で、結婚して今は沖縄に住んでいる。

前からおふくろが「いつかは沖縄に住んでみたい」と言っていたのは知っているが、まさかこんな急に決行するとは。

「沖縄に永住するのか？　この家はどうするんだよ」

今度から、俺は正月や盆は沖縄に帰省することになるのか？　……うん、それはそれでいいかもしれない。いや、そういう問題じゃない。

俺がひとり混乱していると、父親が「まあ落ち着け」と、事情を説明してくれる。

よくよく聞くと、家を引き払うわけではなく、しばらくの間だけ沖縄に暮らす、ということらしい。

どうやら、孫の世話の手伝いをしてほしい、という妹の希望もあったようだ。

ただ、その「しばらく」というのは、年単位の話なんだとか。

「とりあえず、荷物置いてくる」

俺は逃げるようにして、二階へ上がった。

高校まで使っていた俺の部屋はそのまま残されていた。混乱している頭を落ち着かせようと、荷物を置いてベッドに寝転がる。

「やれやれ、沖縄か……」

自由でいいことだ。正直うらやましい。俺はいつまで、社畜な生活を続けるんだろうか……。

どっと疲れを感じて、空気が抜けたようにベッドに沈む。

布団《ふとん》はおふくろが干しておいてくれたのだろう。日向《ひなた》の暖かい匂《にお》いがした。

そのやさしい匂いにほっとして、俺はそのまま眠ってしまった。

夜になって、俺はすっきりとした気持ちで目が覚めた。最近は疲れているのによく眠れない日が多かったが、懐かしい田舎の空気に安心したのか、久しぶりに熟睡した気がする。

夕食は地元でとれた野菜と地鶏《じどり》の鍋だった。

鍋に沈んだ鶏肉をおたまですくいあげ、ポン酢でいただく。ちなみに、この辺ではスダチやカボスがとれるので、ポン酢も地元産だ。ちょっと固めの肉を噛みしめると、うまみが口に広がり、柑橘《かんきつ》のさわやかさと相まって、たまらない。

「ああ、うまい」

東京にもおいしいものはたくさんあるが、地元で食べる野菜や肉の味は格別だ。水と空気が違うからだろうか。

ひとしきり鍋を堪能した後、俺は改めて、一番聞きたかったことを親父にたずねた。


「うちの神社はどうすんの？」


何を隠そう、俺の実家は代々、神社の神主をやっている。

田舎の小さな神社で、参拝客も多くはないが、地元ではそこそこ大事にされていて、親父はずっと、郵便局員をしながら兼業で神主を続けていた。

だから、俺と妹は子どものころから、神社の仕事を手伝わされたものだ。正月には妹が巫女《みこ》服を着てお守りやおみくじを売っていたし、俺は小さい頃から書道を習っていて、ご朱印やらお札やらを書かされていた。


俺の問いかけに、親父はわかりやすく目をそらした。

「体調もあまりよくないし、手入れも行き届かなくなってきて……もう引退時かと思ってな。収入も雀《すずめ》の涙で、正直、赤字経営だし」

ぼそぼそと、言い訳のようにつぶやく。

「じゃあ、その後は誰《だれ》が世話するんだ？」

「いやまあ、後継者もおらんしなぁ……。隣町の宮司《ぐうじ》さんに、お願いしようかと思っとる」

隣町にはちょっとした観光地になっている大きめの神社があって、常駐の神主さんがいる。親父が病気で入院している時にも、そこの宮司さんが定期的に見に来てくれていたらしい。

「翔太も東京に出てしまったしなぁ……」

その言葉がちくりと胸に刺さる。もし俺が地元に残っていたら、自然と後を継いでいただろうから。

「仕方ないだろ、こんな田舎には仕事もないんだから」

「わかっとる」

親父はあきらめと落胆の交じったような声でつぶやく。

微妙な空気が食卓に流れた。


「翔太、仕事は相変わらず忙しいの？」

おふくろが話題を変える。

「忙しい。ひどいね。クライアントが無茶な要求してくるし、納期前は徹夜も当たり前、いつか死にそうだ」

やりがいはあると言えばあるし、給料も悪くはないが、人間的な生活をしているとは言えない。

食事も外食かコンビニ飯ばかり。

俺は鍋の締めのうどんをすすりながら、そういえば、食事をしてうまいと思ったのも、久しぶりかもしれないな、とぼんやり考えた。野菜と肉の出汁《だし》をたっぷりまとって、普通のうどんが極上の味だ。ひと振りした七味の香りが、鼻に抜ける。

俺は黙ってうどんを噛《か》みしめ、飲み込む。

それから、口を開いた。

「俺、神社を継ごうかな」

これまでだって、仕事を辞めたいとしょっちゅう考えていたし、本気で転職を検討したこともある。とはいえ、自分の口から出てきた言葉には、俺自身が驚いた。

ふっと湧《わ》いて出たとしか言えなくて、後から思えば天啓だったのかもしれない。

からんと箸の落ちる音がした。

親父がぽかんと口を開けて、俺の顔を見ている。おふくろも驚いたように目を丸くしている。当の本人である俺自身も、一瞬、自分が何を言ったかわからなかった。

沈黙の中、「神社を継ぐ」という言葉がすっと心に沁《し》み込んでいって、納得に変わるのを感じた。

「お前、本気で言っているのか？」

やっとのことで、親父がたずねてくる。俺はしばらく考えた後、ゆっくりうなずいた。

「いや、急に思いついたんだけど、それでいい気がする」

「仕事はどうするんだ？」

「辞めてもいいかな……と」

「ええ⁉」

両親がすっとんきょうな声をあげる。それを尻目《しりめ》に、俺は指をあごにあてて考えた。

実際、辞めてもフリーで仕事を受けることもできるし、田舎に移住してもなんとかやっていけるだろう。そうだ、どうして今まで気づかなかったんだ。

システムエンジニア兼神主。その響きに、俺はなんだかワクワクしてきた。

大学のときに、一応神職の資格をとっといてよかった。


「いや、もしお前が継いでくれるなら、嬉《うれ》しいが……」

最初戸惑っていた親父は、やがて居住まいを正して、俺に向きなおった。

「ありがとう」

そして深々と頭をさげたから、逆にこっちの方があわててしまった。

「いや、そんな大袈裟《おおげさ》な」

親父がしんみりとした声で言った。

「本当は、神社を手放すのだけが、心残りだったんだよ」

「そりゃ……そうだよな」

代々お守りしてきた神社を、人に任せる。それは親父にとって、苦渋の決断だったのだろう。

俺もまた居住まいを正して、親父にはっきりと告げた。

「あとは、俺が世話するから。親父は安心して、沖縄に行ってくれよ」

親父がゆっくりとうなずいた。

心なしか、その目が潤んでいるような気がした。

どうなるかわからないけれど、やってみよう。俺は改めて、決意を固めたのだった。


神社を継ぐ。

そう決めた後は、バタバタと準備を進めた。休み明けに出社すると、俺はまず上司や同僚に、三月末で仕事を辞めることを伝えた。

「え、マジで？」

徹夜明けで目の下に濃いクマができた同僚は、絶望的な目で俺を見た。人がひとり抜けると、その分他の人に負担がいくから、申し訳ない気持ちになる。

「ついにお前も脱落か……おめでとう。うらやましい」

「お、おう。仕事の引継ぎはちゃんとするから」

「ちくしょう。俺もこんなブラック企業辞めたい」

同僚が肩を落として、ブツブツ言っている。

「辞めて、何すんだよ。転職？　独立？」

「実はな……神主になるんだ」

そう口にするのは、ちょっとばかり勇気がいった。ＩＴ企業社員から神主にジョブチェンジだなんて、どう思われることか。

同僚は目をぱちぱちとさせた。

「カンヌシ？　なにお前、坊さんになるの？」

「坊さんは寺な。神主は神社だよ。実家の家業を継ぐことにした」

「へえ、お前んち、神社だったんだ」

初耳だな、と同僚が意外そうな顔をしている。

「あ、だけどフリーでプログラムの仕事もうけるつもりだから、なんかあったら仕事回してくれ」

顔の前で手を合わせてお願いすると、同僚はニヤリと悪い笑みを浮かべた。

「よし。格安で仕事を回してやる」

「おう、さんきゅ……」

いや、格安とかまったくありがたくない。せめて、色を付けてくれよ。

同僚とのこんなやり取りも、いずれ終わるかと思うと、少しばかり寂《さび》しい気がした。

新卒で入社して六年働いたから、この職場にはそれなりの愛着があった。

辞めるギリギリまで仕事に追われ、退職した翌日に狭いワンルームを引き払った。

東京から地元までは、電車を乗り継いで四時間ほどの距離。すでに親は沖縄に移住した後で、がらんと人のいない実家に、引っ越し荷物を運び入れる。


引っ越し業者が帰った後、俺は一息ついてベランダから外を眺めた。

春の田舎はやわらかい緑に包まれていた。

ちょうど桜が咲きはじめで、ピンクの花がちらほらとほころびはじめている。そこにメジロが集まって、チイチイとかわいらしい声で鳴いていた。

つい昨日まで、人と物にあふれる東京で働いていたことが、まるで別世界のようだった。


しばらくぼんやりとしていたが、やがて、田舎の風景からとっ散らかった家の中に目を戻して、これからすべきことを考えた。

「まず片づけをして……いや、その前に、就任のあいさつにいくか」

俺は気を引き締めると、親父の部屋の衣装棚から、神主の衣装を引っ張り出した。平安時代みたいな格好のアレだ。

浅葱色の袴《はかま》に、白い着物。着付けはうろ覚えながら、なんとかそれらしく身支度を整えた。

鏡で確かめると、やせ形で短髪の若い神主がそこにいる。

うん。あんまり貫禄《かんろく》はないが、なんとかサマにはなっているな。

俺はひとりうなずくと、外に出た。

俺の家は、神社の鳥居のすぐ側《そば》にあった。

山の麓に一の鳥居があり、そこから長い階段をのぼった先に、森に囲まれた拝殿がある。

鳥居の前に立つと、俺は深呼吸して気持ちを落ち着けた。鳥居の横には杉の大木が一本生えていて、番人のように俺を見下ろしている。

「神主になるって決めたけど、あいつらが黙って認めてくれるとは、思えないしな……」

神社の境内は神域だ。

特に、山と森の中にあるうちの神社は、山の神を筆頭に、昔からこの地域の自然に宿る神々を祀《まつ》ってきたという。自然の力が強いせいだろう。俺が子どものころから、いや、そのずっと以前から、やっかいなやつらが、あちこちにひそんでいた。

親父が沖縄に引っ越す前に、神社の仕事についてあれこれと、注意点など説明してくれたのだが、その中にも「神社にはいろんなものが棲《す》んでいるから、仲良くな」という言葉があった。

「仲良くなんて、できるのかよ」

幼いころは、神社の「いろんなもの」と仲良くしていたような記憶《きおく》もあるが……少し大きくなると意識的に避けていたから、どんなものがいたか、あまり覚えていなかった。

とはいえ、いつまでも突っ立てても仕方ない。

意を決し、一歩足を踏み出して鳥居をくぐろうとして——ぴたりと足が止まった。


先ほどまで誰もいなかった鳥居の下に、誰かいた。

ひとりの女が柱にもたれかかって、俺を見ている。

整った顔立ちですらっと背が高く、濃い緑みの黒髪はつんとしたショートだ。背筋が伸びて姿勢がよく、それだけで威圧感がある。俺より背が高いから、自然と見下ろされる形になった。

誰かは知らないが、たぶん人ではない。神社に棲まう「人ならざるもの」だろう。

なんとなく背後が透けるような、存在感があるのに触れられなさそうな感じが、明らかに人間ではなかった。


「こんにちは」

俺はおそるおそる声をかけた。

女は答えない。無表情に俺を見ている。

背中を冷や汗が伝った。

こんにちは、じゃなくて、はじめましての方がよかったか？　よろしくお願いします？　失礼します？

女が全然なにも言わないので、俺はそろそろと足を動かした。

とたんに、目の前にばさっと木の枝が落ちてきて、俺は間一髪で飛びのいた。

危ない危ない。やっぱり一筋縄ではいかないか。

落ちてきたのは、つんつんとした葉の杉の枝だ。それで俺は、ぴんときた。


「あなたは杉ですね」

女が口元に笑みを浮かべた。


鳥居の横に立つ大杉。樹齢百年はゆうに超えているだろう。女のすっと伸びた背筋と、杉のまっすぐな幹の印象が重なる。きっと彼女は——本当に女かどうかすら怪しいが——鳥居を守る杉の神様というか精霊というか、そういうものなんだと思う。

俺は女と大杉の方に向きなおって、丁寧に一礼した。

「俺、今日からここの世話をさせていただきます。未熟者ですが、よろしくお願いします」

『鳥居に登ろうとしていた小僧が、立派になったことで』

からかうような口調で女が言った。女の口から声が出ているのか、はたまた俺の頭に直接響いているのかは、よくわからない。

「いや、はは、昔はやんちゃだったってことで……」

まったく覚えてないが、子どものころの俺、鳥居で遊んでたのか。なんて罰当たりな。でもそういえば、遊んでいる俺を見守っているものが、その当時からいた気がする。

『われらの領域に入りたければ、それなりの礼を尽くすことだな』

女が冷たく言い放つ。

マジか。俺一応、この神社の責任者なんだけど。境内にすら入れてもらえないワケ？

「ええっと、どうすればいいのでしょうか」

杉は何も答えない。


「どうしたらいいんだ……」

少々悩んだが、すぐに考えるのをやめた。

「やるべきことを、やるしかないな」

俺は鳥居に向きなおると、足をそろえて立った。

気持ちをしずめ、意識を集中する。目に見えぬ力を感じるように、畏敬の念をこめて、すっと一礼した。そして、「鳥居之祓《とりいのはらえ》」を唱える。

「神のます鳥居にいれば
此身《このみ》より日月の宮と安らげくす」

風が吹き抜けて、大杉の枝がざわざわと鳴った。

梢《こずえ》のざわめきと響き合うように、女がカラカラと笑いだした。冷ややかな空気が和らいで、杉の葉のさわやかな匂いが俺を包んだ。

俺はぽかんとして、大杉を見上げる。

『さっきは少々、からかっただけだ』

女が愉快そうに俺を見下ろす。

『壮介《そうすけ》から聞いている。息子をよろしく、とな』

壮介、とは親父の名前だ。たぶん、俺が後を継ぐって伝えておいてくれたのだろう。

女はすっと一歩後ろに引いて、杉の幹にもたれかかった。その姿は半分透けていて、そのまま杉の幹の中に溶けてしまいそうだった。女が消える前に、俺はあわててたずねた。

「ええっと、それでは、通ってもよろしいでしょうか」

『好きにしろ』

「ありがとうございます」

一応「神主」のはずなのに、神社に入るのに許しがいるのか、というツッコミはさておき、俺は大杉に認められたとわかってほっとした。

さっき落とされた枝は丁寧にどけて、改めて一歩を踏み出し、鳥居をくぐった。

森の陰に入ると、ひんやりとした風が肌をなでた。振り返ると、もう女の姿はない。

ここから先は、鬱蒼《うっそう》とした木々に囲まれた長い階段がのびている。

俺はその一段目に足をかけた。


「はあ、はあ……」

俺は息を切らして立ち止まった。

額の汗を手の甲でぬぐい、行く先を見上げる。お社へ向かう階段は途中で森の陰に隠れ、どこまで続くのかもわからない。

「この階段、こんなに長かったっけ……」

運動不足の体にはかなりきつい。ついでに、袴が重くて暑くて邪魔だ。平安時代の貴族は、よくもこんな服で馬に乗ったりしていたものだな……。

空気がひんやりと涼しいことだけが救いだった。

俺は長く息を吐いて階段に座り込むと、周囲を見回した。

視界が開けていたら、きっと田舎ののどかな景色が見渡せるのだろうけれど、あいにく木が生《お》い茂って何も見えない。途中、幹がひと抱え以上ある大木がぬうっとそびえていて、俺はまた何か出てくるのではと警戒したが、しんと静かでそれがかえって不気味だった。森の中に鳥の声が響き、小さな獣でもいるのか、ときどき枝が折れるようなパキッという音が聞こえた。

参道の脇《わき》にはところどころ桜の木があって、薄暗い林の中に彩《いろど》りを添えている。あと一週間もすれば満開だろう。

ふと、すぐ横に根元で折れた鳥居の残骸が転がっているのに気がついた。

「あれ、昔から折れてたっけ……」

もしかしたら、俺が地元を離れている間に、台風か何かで崩れたのかもしれない。赤字経営の零細神社だから、修理するお金もなかったのだろう。よくよく見れば、階段には落ち葉や枝が降り積もって、道端は雑草に覆われている。

体調が悪くて、手入れも行き届かない、と言っていた親父の言葉が思い起こされる。

「そうだよな、敷地だけは無駄に広いから、掃除も大変だよな……」

昔から、親父が毎朝早く起きて、郵便局の仕事へ行く前に、階段を一段一段、ほうきで掃いていたことを思い出す。俺はその手伝いが嫌で、中学に上がると部活動を言い訳にして逃げていたものだ。

しばらく休憩した後、俺はまた階段をのぼりだす。いつ何が出てくるかわからないので、警戒しつつ、息を切らして一段一段のぼっていく。

やがて、急に森の様子が変わって、まっすぐな幹の針葉樹が並んだエリアに出る。一の鳥居のところに生えていた杉とも似ているが、空気が違う。清々《すがすが》しい檜《ひのき》の香りが鼻をくすぐった。

檜の林の向こうには、最後の鳥居とお社が見え隠れしていた。

俺は息を整えると、残りの数段をゆっくりとのぼり、最後の鳥居を一礼してくぐった。参道の脇に設けられた小さな手水舎《ちょうずや》で手を清めようとして、水がないことに気がつく。

元々は、蛇をかたどった吐水口があって、そこから流れ落ちた水が、下の小さな水盤にたまる仕組みなのだが、今は空っぽで、落ち葉や虫の死骸なんかが底にたまっている。水盤の縁についた苔《こけ》も茶色く枯れている。

「しばらく人がいないから、水を止めてしまったのか……」

俺は水盤の底にたまったごみを取り除くと、水の元栓を探した。

元栓を開けると、吐水口である蛇がごぼごぼっと苦しそうに空気を吐き出した後、水が流れ出した。

最初は茶色い水が出てきたが、やがて澄んだ水に変わる。

ちゃんと水が出たことに、俺はほっとした。

「タワシ持ってくりゃよかった」

掃除道具がないので、俺は手で水盤を洗い、汚れた水を捨てて、というのを何度か繰り返した。

ついでに、水盤の縁の苔にも水をかけてやる。本当は苔もきれいにとってしまった方がいいのかもしれないが、この森の中の神社には、苔がお似合いだと思ったのだ。

掃除が終わると、改めて柄杓《ひしゃく》で手と目と口をすすいで清めた。

「さて……おや?」

水盤の上に渡した竹の棒に柄杓を立てかけたとき、俺はふと、そこに小さい人影があるのに気がついた。

頭に緑色の手ぬぐいを巻いて、抹茶色の着物をまとった男の子のように見える。

小さい人は、竹の棒をてくてくと歩いて渡ると、蛇の口から流れ出る水で手を洗い、手ぬぐいを外して頭から水をかぶり、ついでに手ぬぐいも洗って、びしょびしょに濡《ぬ》れたまま頭に巻きつける。さらに、両手で水をすくうと口元にもっていき、いかにもおいしそうに、水をごくごくと飲んだ。全身水びたしだが、なんだか満足そうだ。

「こいつは……誰だっけ」

あまり見覚えがない姿だが、たぶん何かに宿る精なのだろう。小さい人は俺に気がつくと、ぺこりと頭を下げた。さっきの意地悪な杉美人に比べると、随分と礼儀正しい。俺もつられて会釈した。

小さい人はほとんど聞き取れないくらい細い声で言った。

『水をありがとう』

「あ、いえ、どうも」

『のどがからからで、死にそうだったんだ』

その言葉で、この小さい人の正体がわかる。

なるほど、こいつはさっき俺が水をかけた苔か。確かに、全体に緑色でふわっとした雰囲気が、苔っぽい。掃除してしまわなくてよかった。

俺は地面に膝《ひざ》をついて、小さい人と目を合わせた。

「俺、あ、いや私は、今日からここの神主をやらせていただくことになりました」

できるだけ丁寧に挨拶《あいさつ》をする。小さいからって雑に扱うと、何をされるかわからない。苔の精はにっこりと笑った。

『こちらこそ、よろしくね』

よかった、よかった。こいつは見た目通り、穏やかな性格みたいだ。

小さい人は竹の棒に腰かけて、足を水面に向かってぶらぶらさせながら、かわいらしい声で言った。

『うちのお白様が、待っているよ』

その言葉に、俺はぴくりと背筋を伸ばして、拝殿の方へ目を向ける。

お白様。それは俺も小さいころからよく知っている、ここの神様だ。正式な名前は他にあるのだが、地元の人は「お白様」という愛称で呼びならわしている。

「さっそくご祭神《さいじん》の登場か……」

苔の精のおかげで和んでいた気持ちを引き締める。

俺が立ち上がって袴の乱れを整え、拝殿の方へ向かおうとしたとき——背後から静かな声がした。

『これ、どこを見ておる』

「へ？」

俺が振り返ると、小さい苔の精がまだそこにいて、困ったような顔で首をふるふると振った。苔がしゃべったわけじゃないことは、声からもわかる。

あちこちに視線をやるが、声の主《ぬし》がどこにいるのかわからなかった。

『見えておらんのか。おぬしの目は節穴だな』

ひんやりとした声が響く。苔がそろっと後ずさって、そそくさとどこかへ逃げていく。

手水舎の水盤の上、水を吐き出している石の蛇の上に、白い影がすうっと浮かび上がった。それは額に小さな角がある白蛇。ルビーのように赤い目が俺を見つめる。俺は蛇ににらまれたカエルのように硬直した。

「……お白様」

さすがの俺でも、この白い蛇神様の姿はよく覚えている。

このお社からさらに山奥に、水がこんこんと湧き出《で》る泉があって、その水を守っているのが、額に角のある白い蛇だという。昔々、ひどい旱魃《かんばつ》の年にも、泉の水は枯れることなく、集落の人を喉《のど》の渇きから救ったのだとか。

そんな、地域の伝承で語られる古い神様であり、それを祀る小さな祠《ほこら》が、この神社の発祥。つまりは、このお方がご祭神ということになる。

最初こそ驚いて固まっていたが、やがて俺は長く息を吐きだして、体の力を抜いた。

「なんで本殿じゃなくて、こんなところにいらっしゃるんですかね」

石の蛇の上でとぐろを巻いた白蛇を、俺は呆《あき》れて眺める。白蛇がちろちろと舌を出した。

『最近人が来なくて、暇なのだ』

うちの偉い神様はうそぶいた。俺はがっくりと脱力した。

「あああ、だんだん思い出してきた……」

そうだ。お白様は神様らしからぬ、自由なお方だった。

本殿にいるのが大層お嫌いで、神社の境内を普通の蛇の姿でぶらぶらしたり、手水舎の水盤で泳いだりしては、参拝者を驚かせるのが趣味なのだ。

『私はこんな木の小屋など必要ないと、昔から言っておるのに』

白蛇が、長い尾の先で本殿の方を指し示した。神聖なお社を、木の小屋呼ばわり。

「いえまあ、それは私たち人の都合もありまして……」

やはり、自然の神として森を自由に徘徊《はいかい》していた蛇にとってみれば、本殿で祀られるのは窮屈なのだろうか。でも、大切な場所にはお社を作りたくなるのが人の性なんだと思う。それに、むやみと境内を蛇にうろうろされたら、ただでさえ少ない参拝客が減ってしまうではないか。

『そもそも、神様になどならんと言ったのに、勝手に祀り上げおって』

ついには、一番根本的なことについて、愚痴を言いはじめる。

わがままな蛇だ。なんで昔の人は、こんな白蛇を崇《あが》めていたんだろうか。とても霊験あらたかには見えない……。


『まあいい。お前が壮介の代わりなんだろう？　ほれ、お社まで連れていけ』

俺は白蛇の要求に従って身をかがめると、着物の両袖《そで》を合わせて、うやうやしく腕を差し出した。

お白様はとぐろをほどくと、音もなくするすると腕の上に乗る。

その体は湧き水《みず》に触れたように冷たく、俺はぞくりと身震いした。目には見えないエネルギーが流れ込んでくるようで、一瞬めまいがしそうになって、俺は踏みとどまる。やはりこの蛇はただの蛇ではないのだ。

お白様を胸の前に掲げた姿勢のまま、俺はできるだけ揺らさないように、すり足で拝殿のほうへ向かう。わがままな白蛇は、目を細めて至極ご満悦そうだ。

「えっと、本殿までお連れすればよろしいので？」

『いや、手前の小屋で構わん』

手前の小屋とはすなわち、拝殿のこと。

神社のお社は普通、参拝用の拝殿と、その後ろにご祭神のおわす本殿とからなっている。うちの神社も例にもれず、手前側の拝殿に、縄のついた鈴と小さな賽銭箱があって、参拝客がお参りをする場所になっており、その奥に連なるように、小さめの本殿がある。

お白様がいるべきは奥の本殿なのだが、ご本人が拝殿でいいと仰《おっしゃ》るので、俺は砂利を踏んで手前のお社に向かった。

風が吹くと、お社の脇に植わった桜の花びらが、はらはらと境内を舞った。

賽銭箱の前に来ると、『降ろせ』とお白様が偉そうに命令する。俺はもはや投げやりな気持ちで、跪《ひざまず》いてうやうやしく腕を差し伸べると、白蛇はゆうゆうと賽銭箱の上に乗って、そこでとぐろを巻いた。

『さて、特別に拝謁させて進ぜよう』

「何を今さら……」

とはいえ、この方に何を言っても無駄なので、俺は浅葱色の袴の裾《すそ》を直すと、すっとひと呼吸し、からん、からんと鈴を鳴らした。

二拝二拍手一拝。

作法にのっとって、ご祭神にお参りする。まあこの場合、賽銭箱の上でとぐろを巻いているお白様なんだけど。額に小さな角の生えた白蛇は、瞳孔の細い目で俺を見て、満足そうにしている。

『うむ。崇められるのも、悪くないことだな』

「……さっきと言っていること、矛盾してませんか」

俺のツッコミは華麗にスルーして、お白様はおごそかに告げた。

『おぬしを新しい神主として、認めよう。今後はよくよく、奉仕に励むがよい』

「……ありがたきお言葉です」


一応、ご祭神には後継ぎとして受け入れられたようだけれど。

俺、本当にここの神主としてやっていけるのだろうか。

にわかに自信がなくなってきた。

暗い森の中をさまよっていた。

とっくに日が暮れて、重なりあう梢《こずえ》の向こうでは、藍色の空に星が散っている。風もないのに、カサコソと何かの動く音がして、それが不安をかきたてる。小さな手足を見下ろすと、細かい切り傷がついていて、ヒリヒリと痛んだ。

歩けど歩けど、暗い森の風景は変わらない。同じところを、ぐるぐると歩き回っている気すらする。どうしてお父さんは、迎えにきてくれないんだろう。泣きそうだったけど、ぐっと涙をこらえて、重い足を動かす。

「あっ」

落ち葉に埋《うず》もれた木の根につまずいて、派手に転んだ。

もはや立ち上がる元気もなく、そのまま座りこんで、膝《ひざ》を抱える。涙がじわっと浮かんで、鼻をすすった。

そのとき、足元に透明な光がさした。

見上げると、梢の間から、月がのぞいている。

「お月さんだ……」

そのとき、側《そば》で何かの気配を感じた。

ドキッとして視線を向けると、月の光を映したような、金色の小さな光がふたつ、闇《やみ》に灯《とも》った。

『迷ったか』

温かみのある声。恐怖が、すうっと消えていくのを感じた。

その光の主《ぬし》は、誰《だれ》だったか。

＊＊＊

目が覚めたとき、一瞬自分がどこにいるかわからなかった。

見慣れたワンルームマンションの白い石膏《せっこう》ボードではなく、板張りの天井《てんじょう》。昔ながらのヒモを引っ張るタイプの電灯。

少し遅れて、やっと意識が覚醒《かくせい》してくる。

ここは実家で、俺《おれ》は会社を退職して、家業を継ぐために地元へ戻ってきたのだ。

「しかし、変な夢を見たな……」

夢の内容は曖昧にしか覚えていなかったが、なんだか、懐かしいような感覚が残っている。

しばらく布団《ふとん》の中で思い出そうとしたが、もやのように消えてしまって、つかみどころもなかった。

起き上がると、春先の肌寒い空気に、ぶるっと身を震わせる。

春は三寒四温。今日は少し、気温が下がったようだった。

冷たい水で顔を洗うと、出かける準備をする。ちなみに、昨日の袴《はかま》ではなくて、動きやすい紺色の作務衣《さむえ》だ。自慢じゃないが、俺は和風の塩顔タイプだから、こういう格好がよく似合う。

外へ出て、朝の清々《すがすが》しい空気を胸いっぱいに吸い込むと、眠気は完全に飛んでいった。

「よし、まずは朝のお勤めをするか」

俺は一礼して一の鳥居をくぐると、長い階段をのぼり、お社へと向かう。

完全にインドア派で体力のない俺は、相変わらず半ばで息を切らせて立ち止まった。

「毎日のぼっていたら、嫌でも足腰が強くなりそうだな……」

そこに、後ろの方から、タッタッタッと軽快な足音が聞こえてきた。

振り返ると、青色のジャージを着た少年が、真剣な顔で階段を駆け上がってくる。俺が脇《わき》へどくと、少年はぺこりと会釈して、立ち止まることなく走り抜けていった。

「すげえな……」

俺が階段ダッシュなんてしたら、肺が破裂するに違いない。いやその前に、ふくらはぎがつるかもしれない。朝練か何かをしている高校生のようだったが、それにしては思いつめた顔をしていたのが気になった。

息を切らせて階段をのぼりきると、まずは手水舎《ちょうずや》をのぞく。

今日はたわしを持ってきたので、水盤を軽く掃除してから、昨日の帰りに閉めた水の元栓を開いた。うちは水道水ではなく井戸水を使っているので、流しっぱなしにしても水道代がかかるわけではないが、もったいない気がしたのだ。ポンプの電気代は食うしな。

とはいえ、毎日水を開け閉めするのは、ちょっと面倒だ。親父《おやじ》はどうしていたんだろうか。いっそ人感センサーでもとりつけて、人が来たら水が出るようにしようか。

『おはよう』

緑の手ぬぐいを頭に巻いた小さい人が、どこからともなく現れた。昨日と同じように、蛇の口からちょろちょろと流れ出る水を手で受け止めて、ごくごくとおいしそうに飲む。俺は柄杓《ひしゃく》で水をすくって、水盤の縁に生えた苔《こけ》にかけてやった。今日は、白蛇の姿はない。

「その水って飲める？」

背後から声をかけられて、俺は驚いて振り返った。

青色のジャージを着た少年が、額に汗を浮かべて立っている。先ほど階段ダッシュをしていた少年だ。

「きれいな井戸水だから、飲めなくはないが……」

手水舎の水は、清めるためのもので飲用ではない。だがまあ、俺はうるさいことを言うのが嫌いなので、どうぞと水盤の前をゆずった。

苔が興味津々といった顔で少年を見ているが、どうやら少年は苔の精に気づいていないらしい。彼はたぶん見えないタイプなのだ。柄杓を手に取って澄んだ水をすくい、ごくごくと一息に飲んで、ふうっと吐息をついている。苔といい、少年といい、たかが水をおいしそうに飲むよな……。感心して、その飲みっぷりをまじまじと眺める。

青ジャージの少年は水を飲み終わると、改めて気になったように、俺の格好をまじまじと眺めた。

「お兄さん、この神社の人?」

「ああ、そうだよ」

「前は白髪のおじさんが、毎朝掃除をしてたよ。最近見ないけれど」

「それは俺の親父だ」

そう答えると、少年は目を丸くした。

「お坊さんって、結婚したらダメなんじゃないの?」

「えっと、なんか色々と誤解があるな……」

まず坊さんではない。神主だ。そして、神主も仏教の僧侶も、現代は妻帯できる宗派が多い。

俺はいろんな説明をはしょって、とりあえず少年が一番知りたいだろう答えを言った。

「結婚はできるよ」

「じゃあ、お兄さんも結婚してる?」

「いや、俺は独身だ」

「ふーん。彼女はいるの?」

「ざ、残念ながらいない」

「なーんだ」

あからさまにがっかりしたような少年の反応に、俺はひそかにダメージを受ける。最後にまともな恋愛をしたのは、いつだったろうか。ここ数年、仕事がブラックすぎて、そんな余裕もなかった。

俺は少年の質問攻めから逃げようと、そそくさとその場を離れ、拝殿の床下にしまってあった箒《ほうき》と熊手を引っ張り出して、境内《けいだい》の掃除にとりかかった。

まずは本殿の周りから始めて、拝殿の前から鳥居までの参道の落ち葉を掃いていく。お社の脇、森の縁には大きな木があった。しめ縄を巻いたこの神社のご神木だ。その周りには古いどんぐりがいくつか落ちていた。

「そういえば、ご神木の主には挨拶《あいさつ》をしていないな……」

俺は辺りを見回したが、それらしき姿は見えない。

まあ、彼らは気まぐれだから、昼寝でもしているのだろう。

一方の少年は、境内の隅でストレッチをしながら、ちらちらと俺の様子を見ていた。

お社の周囲の掃除を終えると、俺は階段に目を向ける。

「この長い階段を掃くのが、大変なんだよな……」

階段のてっぺんに立って、森の中へ消えていく長い段々を見下ろし、しばし躊躇《ちゅうちょ》していると、少年が俺の隣にやってきた。

「階段も全部掃くの？」

「おう、そうだ」

俺が肯定すると、少年が意外なことを言い出した。

「僕も手伝う」

そして止める間もなく、小走りに箒をもう一本取ってくると、俺と並んで階段を掃きはじめた。

「手伝ってくれるのはありがたいが……学校に行かなくていいのか？」

サボる気だろうか。いや、それも青春か、などと思いながらたずねると、少年はしれっと答えた。

「春休み中だよ」

そうか、世間の学生には春休みというものがあるのか……。うらやましい。

「君は高校生か？」

「そうだよ。今度から二年生」

「朝から走って、部活でもしてるのか？」

俺がそうたずねると、少年は「部活ではないけど」と気まずそうに目をそらした。おや、なんだろう。訳アリかな？

「あのさ、お兄さんは彼女いたことある？」

俺の質問には答えず、逆にたずねてくる。

「あるさ」

俺は胸を張って答える。さすがの俺にも、そんな時代だってあったさ。

学生時代に付き合っていた彼女がいたが、社会人になって、遠距離になったのもあって、自然消滅のような形で、別れてしまったんだよな……。思い出して、しょっぱい気持ちになる。

少年はしばらく黙って箒を動かしていたが、やがて思い切ったようにたずねた。

「じゃあさ……好きな人には、どうやって告白したの？」

なるほど、この少年は恋に悩んでいるわけか。青春だなーと、俺はしみじみする。

「どうって、普通に『好きだ』って伝えたよ」

「怖くなかったの？」

「そりゃあ、振られるかもってのは、怖かったけどな。でも、好きだって思うなら、伝えないともったいないだろ？」

「もったいない？」

少年はぴんと来なかったようで、首を傾《かし》げて聞き返してくる。

「挑戦すれば可能性はゼロじゃないけど、何もしなかったら、何も起こらないからな」

偉そうに聞こえるかもしれないが、俺は本当にそう思う。人生、やったもの勝ちだ。うまくいかなかったら、それはそのときのこと。

「そっか……」

少年はしばらくうつむいて、階段を一段一段掃いていたが、やがて俺の方を振り向いた。

「お兄さん、すごいね」

少年が尊敬のまなざしで見てくるので、俺は照れてしまった。

「いや、すごくはない。何かの本の受け売りだ」

そんな話をしているうちに、いつの間にか一番下までたどり着いていた。長い階段掃除も、ふたりでやると、あっという間だった。

「手伝ってくれて、ありがとうな」

礼を言うと、少年がぺこりと頭を下げた。

「僕、挑戦しようと思います」

勇気が出ました、と笑った顔が初々しくて、俺は目を細めた。

タッタッタッと小走りで駆けていく少年の背中を、見えなくなるまで見送った。

そういえば、なんで階段ダッシュしてたのかは、聞けなかったな。まあ、また今度会ったときに聞こうか。俺は箒を手にぐんと伸びをすると、再び鳥居をくぐって、お社の方へ戻っていった。


桜の季節になると、神社の参拝客が増える。

寒さが和らいで出かけやすい気候になるし、神社には桜が植わっているところも多いからだろう。

神主になって初めての週末。ソメイヨシノがちょうど満開で、うちの神社の参道やお社の周りも薄いピンク色で彩《いろど》られていた。

「ああ。桜はきれいだけど、花びらの掃除が大変なんだよな……」

こっそりとぼやきながら、境内を箒で掃き清める俺。

神主の仕事って、祈禱《きとう》や祭事よりも、掃除の方がメインなんじゃないかってくらい、俺は掃除しかしていない。しばらく神主不在で放置されていたから、お社にも埃《ほこり》がたまっていて、掃いたり拭いたり忙しい。

ご祭神《さいじん》に機嫌よく過ごしてもらい、参拝者が気持ちよくお参りできるためにも、境内を清めておくのが大事なのだ。


「おはようございまーす！」

元気のよい挨拶に振り返ると、見覚えのある少年が、同い年くらいの女の子と一緒に鳥居をくぐったところだった。

俺はすぐにぴんときて、こっそり「グッジョブ！」と親指を立ててサインを送ると、少年もにかっと笑って親指を立て返す。先日は階段ダッシュをしながら、好きな人に告白するかどうか悩んでいたが、どうやらその後うまくいったらしい。

よくやった少年。行動が早い。その勇気を褒めたたえよう。

若いふたりはお参りを済ませると、敷地の桜を見て回り、写真を撮ったりしている。まだ午前中早い時間だが、他にもちらほらと参拝客が訪れていた。年配の人の中には、俺に声をかけてくれる人もいる。もしかしたら氏子さんなのかも……。近いうちに挨拶回りにいかねばならんな。

本殿の裏に回ると、そこにはしだれ桜が一本植わっている。ソメイヨシノよりも花が遅いから、蕾《つぼみ》はまだ閉じており、参拝客もここまではほとんどやってこない。

桜の根元には、ひとりの少女が地面にしゃがみ込んで、いじけたように木の枝で地面に絵を描いていた。ピンク色の髪をぎゅっと固くお団子にして、地味な灰色の着物を身につけている。

その子のまとう空気感で、俺はすぐに気がついた。人ならざるものだ。

『なんでみんな、わたしを見てくれないの』

ぶつぶつと恨み言をこぼしているのが、少し離れた俺のところまで聞こえる。がりがりと地面に描いているのは、まるで呪《のろ》いの文様のようだ。

「ちょっとちょっと、負のエネルギーを垂れ流すの、やめてくれる?」

霊感のある参拝客に、変な影響があったらどうしてくれる。

『みんな、あっちの養殖桜ばっかり見て、ここに昔からいるわたしのことは、見向きもしないのよ。理不尽だわ』

そのセリフで、こいつがしだれ桜だとわかる。

「ソメイヨシノのほうが、花が早いからな……」

しかし養殖桜って……そうか、ソメイヨシノは後から植えたもので、元々この山にはなかったから、そんな言い草なのか。その点、このしだれ桜は確か「ヤマザクラ」の系統で、古くからここに生えていたのだろう。

「あっちの花が散り終わった後に咲くんだから、むしろ目立っていいじゃないか」

俺がそう声をかけると、少女が顔をあげた。

色素の薄い大きな目に白い肌、桜色のほお。人じゃないとわかっているのに、その桜の花のような可憐《かれん》さに俺はドキリとする。

『そのころには、誰もこんな寂《さび》れた神社には来ないわよ』

ひとり咲いて、ひとり散っていくのだわ、と目に涙を浮かべている。

「いや、それは否定できないのが辛《つら》い……」

こんな美少女（人ではないが）に泣かれると気が気ではなく、俺は誰かに見られやしないかと、思わず周囲を確認した。女の子を泣かせる悪徳神主か、桜の木にぶつぶつ話しかける頭のおかしな人ということで、別な意味で参拝者が減るかもしれない……それは困る。

かといって、このメンヘラ気味なしだれ桜を放置すると、背後から呪われそうで、俺は立ち去ることもできなかった。

「よし、じゃあこうしよう」

俺はひとつ思いついて、人差し指を立てた。

「お前が咲いたら、俺が写真をＳＮＳにアップしてやるよ。そしたら、見に来る人もいるだろう」

『えすえぬえす？』

「えーっと、色んな人に写真を見せたりする場所だよ」

『しゃしん？』

ダメだ、やっぱり植物に文明の利器《りき》の話は通じないらしい。

「まあ簡単に言うと、俺が人を呼んでくるよって話だ」

そう説明すると、少女はやっと理解したようで、ぱあっと明るい表情になった。

『ほんとに？』

キラキラとした期待の目で見つめられて、俺はうっと目をそらす。無名の神社の投稿を、誰が見てくれるだろうか……。

「ま、まあ、あまり期待はしないでくれ。努力はするが」

『あのね、わたし、久しぶりに宴会をしたいのよ。昔は、花でいっぱいのわたしの下で、みんながお酒を飲んだりしていたものよ』

「なるほど、花見か……いいな。俺も長らくしていない」

思わず話に乗ると、しだれ桜はにっこり笑って、『約束よ?』とかわいらしく首を傾げた。

「お、おう……」

うっかりとうなずく俺。なりゆきで、SNSの神社アカウントを立ち上げることと、花見を企画することが決定してしまった。まあ、よく考えれば悪くない思いつきだ。近所の若者が写真を目にして遊びに来てくれたら、この寂れた神社も少しは賑わうことだろう。

いっそのこと、システムエンジニアの技術をいかして、凝ったページでも作ってやろうか……。

そんなことを考えていたら、俺は少し、ワクワクしてきた。

「これでよしっと」

神社で朝のご奉仕が終わると、俺は家に帰ってガタガタと家具の配置換えをしていた。

越してきてはや一週間近くが経《た》とうとしているが、まだ他人の家にいるような感覚だ。一応、子ども時代を過ごした家ではあるが、離れて十年も経つと、色々変わっている。

家具や食器は親が置いていったものが使えたが、仕事部屋も必要だと感じていた俺は、東京のアパートから持ってきたデスクを、二階の南向きの一番明るい部屋に置いて、仕事用のパソコンを据え付けた。

「神社だけでは、食っていけないからな……」

うちの神社には社務所もなければ、お守りやご朱印の授与所もない。親父は郵便局の仕事とかけもちだったから、昼間は無人だったたし、神社の収入と言えば、雀《すずめ》の涙のお賽銭《さいせん》と、たまのお祓《はら》いやお祭り、それに氏子さんや地元企業からの寄進くらいだ。

俺は、昼の定職を持っているわけではないから、エンジニアの仕事と、あとは農業でもやろうかと思っていた。ばあさんが耕していた小さな畑が、家の裏にまだ残されていたはずだ。

それで本当に食べていけるのかは心もとないが……まあ、なんとかなるだろう。ちょっとは貯金もあるし。

俺は座り具合を確かめようと、デスクの前に座った。

窓からは畑と田んぼと昔ながらの日本家屋が点在する、田舎の風景が見渡せた。無機質なビル群を眺めながら仕事をしていたころとは、百八十度違う景色だ。

「緑があるのは目が癒《い》やされるな……」

今の時代、田舎でもインターネットは十分早いし、リモートワークも一般的になってきたから、パソコンひとつでできる仕事なら、田舎に住むっていうのはほんとアリだな。都会から郊外への移住者が増えるのもわかる。

そのとき、携帯電話がぶるっと鳴って、着信を知らせた。

「もしもし」

「おう、山宮《やまみや》。元気か？」

この間まで一緒に働いていた同僚からの電話だった。

声がちょっとかすれ気味で、電話越しにも疲れがにじみ出ている。おそらく徹夜明けなのだろう。週末なのにご苦労なことだ。それで、何の用かピンとくる。

「で、なんか急ぎの依頼？」

「さすが山宮！　助けてくれ、ヤバいんだ」

電話の向こうで懇願している姿が目に浮かんで、俺は苦笑した。相変わらず納期に追われているらしい。ちょっと前までは、俺もその渦中にいたことを思うと、なんだか隔世の思いだ。仕事辞めてよかった。

依頼内容の詳細をメールで送ってもらうことで話はついて、俺は電話を切り、ふうっとため息をついた。

「相変わらず大変そうだな。ほんとブラックだよな、あそこ」

窓の外に広がるのどかな風景とは、まったく縁のない世界。

ふいに、俺は夢の中にいるのでは、と不安になった。目が覚めると、やっぱり東京の狭いワンルームにいて、仕事に追われる日常が始まるのかもしれない……。

そんなのは嫌だ。

俺は神主としての今の生活が、少しずつ気に入り始めていた。

「お、早速きてる……」

パソコンのメールボックスを見ると、元同僚からメールが入っていた。

依頼内容を確認し、今からとりかかった方がよさそうだなと判断する。俺は手早くコーヒーを淹《い》れると、集中してパソコンに向かい合った。

それから数時間後。俺は依頼された仕事のうち、急ぎの部分を終えて、メールの送信ボタンをぽちっと押した。その直後に同僚から電話がかかってきて、「ほんとに助かった、サンキュ！　マジで、ありがとう！」とむちゃくちゃ早口で礼を言われ、電話はすぐにぶつっと切れた。その焦《あせ》りっぷりと、感謝しっぷりに、俺は笑ってしまった。


「やれやれ、終わった」

結局、夕方近くまでかかってしまった。

夕べのお勤めに行こうと、袴を着て身支度していたところで、「ピンポーン」と家のチャイムが鳴った。

「あれ、宅配かな？」

荷物を頼んだ覚えはないけどな、と首を傾げつつ玄関の扉を開けると、くたびれたような中年の女性が立っていた。その人は、俺の姿を見てほっとしたような表情を浮かべる。

「新しい神主さんが来られたと、噂《うわさ》に聞いていたけれど、本当だったのね」

「あ、ご挨拶遅れてすみません。先代の息子の山宮翔太《しょうた》です。よろしくお願いいたします」

たぶん、氏子さんだろうと見当をつけて、俺は丁寧に挨拶をした。

「あの、神主さん、今からお祓いをお願いできますでしょうか」

女性は切羽詰まった表情で、俺にすがりつくように懇願した。どうもただ事ではない雰囲気だ。

「一体どうしたんですか？」

「数日前から、うちの娘が変なんです」

「変とは？」

「おかしなものに取り憑《つ》かれているとしか、思えないんです」

「はあ、なるほど」

取り憑かれているか……。今の科学が発展した時代でも、そんなふうな依頼が来ることが、あるんだな。俺は内心戸惑いつつも、「わかりました」とうなずいた。

「娘さんを神社までお連れいただくことは、できますか？」

「はい、縄をつけてでも、連れてきます」

その穏やかじゃない言い方に、俺は苦笑する。

「それでは、私は神社で準備をして、お待ちしていますので」

俺がそう伝えると、女性はほっとしたようにうなずき、「三十分ほどで伺います」と言い置いて、急ぎ足で帰っていった。

「さて、どうしようかな」

俺はあごに手をあてて、しばらく思案した。お祓いの儀は、親父がやっているのを見たことがあるし、教科書的な内容は頭に入っているが……。

「まあ、なんとかなるか」

とにかく儀式用の白い袴に白い着物の狩衣《かりぎぬ》姿に着替えると、肩掛けかばんに小道具を入れ、俺は神社へ向かった。


夕方になると、まだ日が暮れていなくても、森の中は薄暗い。

俺は軽く息を切らせて長い階段をのぼって神社に着くと、本殿の裏の森に生えている榊《さかき》の木を探した。つやつやとした濃い緑で、葉の縁がぎざぎざの、小さめの木だ。魔除《まよ》けの力があると言われる榊は、神社での儀式には欠かせない。

俺は一礼をしてから、「ちょっといただきますね」と声をかけて、枝をハサミで数本切り取った。

榊の木は特に文句も言わなかったから、ほっとしてお社の方に戻る。

「お祓いの準備っと……」

うろ覚えの部分もあって心もとないが、まあ、ちょっとくらい間違えても、うちの神様は寛容だから、大丈夫だろう。

お社の床にござを敷いて、台の上に盛り塩やら器に入れた水やらを並べ、さっきとってきた榊も一緒に飾る。それに、木の棒の先に紙垂《かみしで》という紙のひだをたくさんくくりつけた「大麻《おおぬさ》」というお祓いの道具。神主がばっさばっさと振るあれだ。

「さて、できれば、うちのお方の手助けがほしいんだけど……」

拝殿は十畳くらいの広さの壁がない建物で、その奥にはこぢんまりとした本殿が連なっている。木の壁に囲われて、本殿の中は見えない。本来なら、ご祭神はこちらにおわすはずだが……。

「お白様、お白様」

俺が呼びかけても、しんと気配もない。仕方がないので、俺は居住まいを正すと肚《はら》に力をためて、謡うようにご祭神に呼びかける。

「掛けまくも畏《かしこ》き　白水の大前――」


うちの神社、正式な名前を「白水神社《はくすいじんじゃ》」という。山の中に清き水の湧《わ》き出《で》る水源があって、それを守る白蛇の神様「白水龍神」が、ご祭神である通称「お白様」だ。

ちなみに、蛇は弁財天の化身ともいわれているので、後からお招きした弁財天も祀られている。

じゃあ、弁財天様も境内にいらっしゃるのかと聞かれると――実のところ、俺はそのお姿を拝見したことがなかった。弁財天様は有名な神様だから、こんな片田舎の小さな神社に現れることは滅多にないのだろう。

ということで、お白様が幅をきかせて、我が物顔で神社をうろついている。まあ、元々この山の神様だから、弁財天よりも古株だしな。たぶん。

「どうかご顕現くださいますよう、恐《かしこ》み恐《かしこ》みお願いもうす」

最後の方は、それっぽいアレンジで適当に奏上をくくると、頭上から眠そうな声が降ってきた。

『うるさい奴だな』

いきなり拝殿の梁《はり》から、ぶらんと白い蛇が降りてきて、赤く光る目が顔の真ん前に現れた。叫び声はとっさに飲み込んだが、反射的に飛びすさって胸をおさえる。

「お、お白様。そんなところにおいででしたか……」

『何用だ』

「少々、お白様のお力をお借りしたいと思いまして……」

『ふむ。おもしろそうな話だな。よかろう』

「……まだ内容を説明してないんですけど」

『その女の娘が何に取り憑かれているのか、見てほしいと思っとるんだろ』

本殿の前でとぐろを巻いた白蛇は、あっさりとそう看過する。

「げげ、さすが神様」

『おぬしの考えなどダダ洩《も》れよ』

白蛇は得意そうに、細い舌をちろちろと出し入れする。俺は両手をぱんっと顔の前で合わせて、お白様を拝み倒した。

「お願いします、お助けください。俺、その手の霊感はからっきしなくて、相談されてもよくわからないんですよね」

『森の八百万《やおよろず》のものとは、相性がよいのにな』

「親父もそうだったし、遺伝ですよ」

『この神社の神主には相応《ふさわ》しいことだ』

「ありがたく存じます」

神主という神の仲介役ならば、霊感がありそうなものだが……正直に言って、現代の神職に不思議な力をもった人がどの程度いるのか、俺にはよくわからない。まず、俺に霊感があるのかと問われると、微妙なところだ。

この神社の境内限定で、お白様はじめ、森の不思議なものたちの姿が見え、交流もしているが、神域を出ればただの人。幽霊は見たことがないし、怪奇現象にあったこともない。

「だいぶ、不安だな……」

そのとき、鳥居の方から叫び声が聞こえて、俺ははっと振り向いた。

「お母さん、何するの、離してよ！」

「いいから、来なさい」

さっきの女性とその娘の声だろう。

俺は立ち上がると、拝殿の前で訪問者を待った。お白様がいつの間にか俺の肩に乗っている。

やがて、先ほどの中年の女性が、中学生くらいの女の子の腕を引いて現れた。娘さんのほうは、赤色のメッシュが入った長い髪に、耳にはピアスをつけて、短パンに長袖《ながそで》のゆるっとした白シャツという格好が、ちょっと神社には似つかわしくない。

「お待たせしました。これがうちの娘です」

母親にうながされて、娘はしぶしぶといった様子で、黙って会釈した。

彼女は顔をあげたところで、はっとしたように、俺の肩に視線が釘《くぎ》付けになった。

俺は、「おや」とその様子に目をとめた。もしかして、お白様が見えている？　母親の方は特に反応していない。俺はにわかに、赤メッシュ少女に対して興味が湧いてきた。

「まずは、手を清めてから、上におあがりください」

俺は平静を装って、手順を説明した。手水舎でお清めが終わると、靴を脱いで社殿の座敷にあがってもらう。ふたりが並んで正座し、俺はそれに向き合って座った。

「さて、お祓いをご所望とのことでしたね」

「そうなんです。この子、最近様子がおかしくて」

母親のほうが、不安げな表情で言った。

「おかしくなんか、ないよ」

娘が声をあげたが、母親はそれを無視して言葉を続ける。

「夜中にふらふら、出歩いたりするんです」

「はあ、なるほど……」

えーっと。それは、単にちょっと、思春期の難しいお年ごろだからなのでは？　俺は内心でそう突っ込んだが、口には出さずに続きをうながす。

「それに、ときどき、何もない場所をじっと見ていたりするんです。そういうときは、声をかけても聞こえていないみたいで」

母親がそう言うと、娘はあからさまに目を泳がせた。俺はそんなふたりの様子を、冷静に観察していた。

「そうですね……。お祓いをする前に、娘さんと少し、お話しさせていただいてもよろしいですか？」

「ええ、どうぞ」

俺の意図としては、まずは娘さんとふたりで話して、本当におかしな様子があるのか、確かめたかったのだが……母親は当然のように同席するつもりのようだ。

俺は困って、遠慮しながら母親に声をかけた。

「申しあげにくいのですが……お母様には、少しお席を外していただきたく」

「一緒に聞いていては、いけないのですか？」

母親が眉《まゆ》をひそめて、不服そうに言う。

「もしかしたら、何かよからぬものが憑いているかもしれませんし」

俺が意味深にそう言うと、母親はぎくりとして、「わかりました」としぶしぶ認め、手水舎の方まで離れた。

「さて、お白様。どうですか？」

俺が口をほとんど動かさずに、お白様にたずねると、蛇は空気を探るように舌を出し入れしてから、『うむ』と言った。

『確かに、取り憑かれておるようだな』

お白様がおごそかに告げた。

俺はすっと息を吸い込むと、その赤い目の鋭い光を確かめて、気を引き締めた。

「やはりそうなんですね」

俺は少女に目を移した。彼女は不審そうな顔でこちらを見ている。

その視線がちらっと俺の肩の方へ動いたのを、俺は見逃さなかった。

「あの……一体」

「君はもしかして、見えている？」

俺が静かにたずねると、赤メッシュ娘はふるふると首を振った。

「でも……何かいるのは、わかります」

彼女は恐る恐るそう言った。目線は、俺の肩の辺りから離れない。

なるほど、見えないけど「感じる」タイプということか。

「鋭いんだね。ここにいるのは、この神社の神様だよ」

赤メッシュ娘は信じられないという面持ちで、眉をひそめた。

「それって――お白様？」

「そうそう。あ、信じなくても大丈夫だよ」

あんまり言うと、怪しい神主さんになってしまうから、俺はあわてて誤魔化《ごまか》した。変な噂が立つと、ますます参拝客が減ってしまう。

「それで、お母さんはああ言うけれど、君はどう思う?」

俺がそうたずねると、赤メッシュ娘はためらいがちに口を開き、何度か言葉を探すように視線を泳がせた後、意を決したように言った。

「お母さんは、何かに取り憑かれていると思うの」

俺は意表をつかれて、ぽかんとしてしまった。

肩の白蛇に目をやると、お白様は『うむ、この娘、鋭いのう』とうなずいている。

あ、そういうこと? 俺はてっきり、この娘さんが取り憑かれているんだと思っていた。お白様はお見通しだったみたいだけど。

俺はごほんと咳《せき》ばらいをすると、重々しくうなずいた。

「そうみたいだね。いつから、気づいたの?」

お白様が耳元で、『おぬしは気づいておらんかったくせに』と突っ込んだのは無視する。

「何日か前かな。……でも、その前から、ちょっと変だったかも。いつもイライラして、不安そうで。急にふさぎこんだり」

「なるほど……」

「お母さんの背中に、何か虫のようなものがついてる気がする」

虫か……。それこそ「ふさぎの虫」にでも取り憑かれているってことかな?

お白様に確認すると、『そうだな。憑いているのは、ごくごく小物だ』と同意した。それほどやっかいなものに、絡《から》まれているわけではないみたいだ。よかった、よかった。

「どうせ、私のせいなのよ」

赤メッシュ娘はちょっと拗《す》ねるような口調で言って、肩をすくめた。

「なんでそんなふうに思うの？」

「私があんまり学校に行かないから」

「確かに学生としては、個性的な見た目だと思った」

赤メッシュやピアスは、校則の厳しい学校なら怒られそうだ。

「だって、好きな格好をして、何が悪いの」

赤メッシュの髪に触れて、彼女はきっぱりとそう言った。なかなかに、意志の強いタイプみたいだ。

少女はそこで、ふと悲しそうに目を伏せた。

「そう言ったら、お母さんは余計にイライラして」

「ま、まあ、心配してるんだろうね」

ううむ。家庭の事情はそれぞれだと思うが……こういうとき、俺はどうすればいいんだろうか。

「とりあえず、お祓いをするか……」

神職としての本分は尽くそう。

くっついている虫は、お白様がなんとかしてくれるだろう。

俺は母親に声をかけ、社殿に戻ってきてもらった。

改めて座したふたりの前で、大麻を手に持ち、お祓いを始める。

まずは塩と、山の神聖な水をまいてこの場の穢《けが》れを祓い、拝礼した後、おごそかに祓詞《はらえことば》を奏上する。

「――掛けまくも畏き　白水の大前に
恐み恐みも白《もう》さく
諸々《もろもろ》の禍事《まがごと》　罪　穢《けがれ》も　有らむをば
祓へ給《たま》ひ　清め給へと
白すことを聞こし召せと
恐み恐みも白す」

俺の祓詞に呼応するように、お白様はするすると俺の肩から降りた。音もなく中年の女性の腕にのぼり、巻きつくように背中に回っていく。その気配に、娘のほうが身を固くしているのが見て取れる。

お白様の赤い目が妖しく光り、ぱくりと口を開けて、何かを飲み込む仕草をした。俺はそれに合わせて、大麻をざっざっと振って、ふたりの穢れを祓っていく。

虫を食らった白蛇は、何事もなかったかのように戻ってきて、本殿の扉の前でとぐろを巻き、鎮座した。

「さて、最後に玉串を納めていただいて、おしまいです」

先ほど取ってきた榊の枝をふたりに渡し、作法を伝えて玉串拝礼をしてもらう。榊を供えられたお白様は、『酒のほうがよかったわい』などと言いつつも、崇《あが》められて満足そうだ。


「突然のお願いだったのに、ありがとうございました」

お祓いの儀が終わって、母親が深々と礼をした。心なしか、顔色が少し明るい。

「いいえ、お役に立てたなら幸いです。あまり深く考え過ぎず、気持ちを楽に持ってください。娘さんは大丈夫ですよ」

少なくとも、悪霊に取り憑かれてはいません、という事実を伝えるのはやめておいた。この女性にとっては、「お祓いをしてもらった」ということの方が、大事なのだろうと思ったから。

「ええ、そうですね。私もあれこれと、心配しすぎだったかもしれませんね」

赤メッシュ娘の方は何も言わなかったが、去り際にぺこりと俺とお白様に向かって会釈し、母親とともに階段をくだっていった。

「やれやれ、終わった」

『サマになっておったぞ』

いつの間にか、お白様がまた俺の肩に乗って、偉そうに褒めてくださる。

「お白様、ありがとうございました。お陰で、あの親子もちょっとは楽になったかと」

『だが、あの虫を喰《く》ったのは、一時的な対処にすぎんぞ。どうせまた戻ってくる』

「そういうものですか」

『人の気が、悪いものを呼び寄せる』

「なるほど、病は気からと、言いますしね……」

俺は拝殿の階段に腰かけて、鬱蒼《うっそう》とした森の梢を見上げ、ため息をついた。気づけば夜が忍び寄っており、境内にはしんとした闇が降りてきていた。

枝葉の隙間《すきま》からは、細い三日月が透かし見えた。

第三話　椿《つばき》とチャドクガ

毎朝、神社の境内《けいだい》を掃除していると、様々なことに気がつく。


例えば、どんな落ち葉が多いとか。

いつも蜘蛛《くも》の巣がはっている木立とか。

朝早く、お社のてっぺんにとまって高らかに鳴く鳥がいるとか。

いつも同じ時間に犬の散歩をするお爺さんがいるとか。


そんなもろもろの小さいこと。どれも、会社員時代には、気にもとめていなかったことだった。

「前は灰色の地面と、電車のつり広告と、スマホの画面しか見てなかったよな」

この季節、椿の赤い花がたくさん地面に落ちている、というのも、気づいたことのひとつ。

境内の一角に大きめの椿の木が生えていて、そこはいつも、ぱっと目をひく華やかな赤色に彩《いろど》られていた。

「椿って、桜と違って花ごとぼとっと落ちるんだな」

箒《ほうき》で枯れた花を掃き寄せながら、そんなことを知る。ちょうど、桜が散りはじめている時期で、風が吹くと境内にはピンク色の桜吹雪が舞っていた。

そのとき、頭上からくすくすと、そよ風のような笑い声が聞こえた。

ひょいと視線を上げると、椿の細い枝に腰かける少女がいた。黒地に赤い大輪の花模様の着物をまとい、下駄《げた》をはいた足をぶらぶらさせている。

「そんなとこで、危な……」

そう注意しかけて、人ではないことに気づく。彼女の座っている枝はとても細く、子どもでも体重をかければ折れてしまいそうだ。なのに、少女は体重をまったく感じさせない。つやつやとした長い黒髪が風になびき、光を映していた。

『お兄さん、何してるの』

少女が赤い唇を開き、俺《おれ》に話しかけた。

「見ての通り、掃除を」

『大変ね。お花がいっぱい、落ちているものね』

「まあ、そうだな……」

少女は何がおかしいのか、くすくすと笑う。

俺は受け答えをしながら、少しばかり警戒した。この少女の雰囲気には、ちょっと嫌な予感がする。何かを企《たくら》んでいる気がするのだ。

「それじゃ、俺は掃除の続きをするので……」

俺がそう言って立ち去りかけたとき、少女の赤い唇が、いたずらっぽく弧を描いた。

次の瞬間、少女の首が胴体から離れ、ぽろりと俺の足元に落ちてきた。

「うわっ！」

思わず俺は大声で叫び、飛びすさろうとして足がもつれ、尻《しり》もちをつく。

地面に転がった少女の生首と目が合うと、赤い唇がにやりと笑った。

『あっははは！』

頭上から笑い転げる声が聞こえる。見上げると、何事もなかったかのように、ちゃんと頭のある少女がそこにいた。尻もちをついている俺を見下ろし、お腹《なか》を抱えて笑っている。

「なっ、さっき確かに首が……」

地面に目を戻すと、生首だと思ったものは、いましがた落ちた椿の花だった。ぽとりと枝についていた姿のまま、地面に転がっている。

「完全に騙《だま》された……」

そういえば、椿の花の落ちる様子が、ちょうど首が落ちるようで縁起が悪いとして、昔の武家は椿を庭に植えるのを嫌った、なんて逸話を聞いたことがある。

椿はそれを再現してみせたというわけか。なんてタチの悪いいたずらだ。

『あーおかしい。こんな単純ないたずらに、また引っかかるなんて』

「リアルすぎてびびったわ……って、また？」

『前もおんなじように、騙されてくれたものね』

椿は楽しそうに笑って、片目をつぶった。

「あ……」

その言葉で、俺は思い出した。

子どものころにも、こんなふうに椿のいたずらに引っかかって、腰を抜かしたことがあったなと。

＊＊＊

確か小学校低学年のころだったと思う。

妹の加奈《かな》と神社の境内で遊んでいたとき、「赤いお花きれい」と妹が言うので、俺はがんばって、まだ新しくて花びらがきれいな椿を探していた。

『なにしてるの？』

そのとき、空から声がふってきて、見上げると木の枝に腰かける女の子がいた。

「きれいなお花を探してるんだ」

俺が答えると、少女の赤い唇が、いたずらっぽく弧を描いた。

次の瞬間、少女の首がぽろりと胴体から離れた。

「ぎゃーー!?」

びっくりした俺は悲鳴をあげて尻餅《しりもち》をついた。

地面に転がった生首が、俺を見つめてくる。

『あっははは！』

頭上で笑い転げる声がして、見上げると、何事もなかったかのように少女がそこに座っていた。

「え？　あれ？」

俺が地面に視線を戻すと、たった今落ちたばかりの大輪の花が、足元に転がっていた。

『それ、あげる』

少女はにこっと笑って、地面の花を指さした。

『特別きれいなやつよ？　大事にしなさいね』

最初は状況が飲み込めていなかったけれど、この椿の少女が、一番きれいな花を落としてくれたんだということに気づいて、俺はぱっと顔をほころばせた。

「ありがとう！」

『ふふ、どういたしまして』

椿の花を妹に渡すと、妹もすごく嬉《うれ》しそうに、にっこり笑ったっけ。

＊＊＊

「懐かしいな……」

『思い出した？』

椿はくすくすと笑って首を傾《かし》げた。

「ああ。お前は相変わらずなんだな」

『もうお花は探してないの？』

「さすがに、俺も子どもじゃないからな……」

きれいなお花をあげる相手もいないし……悲しいけれど。

そのとき、椿の少女がはっとしたように、真顔になった。恐る恐るといった様子で周囲を見回し、何かに気づいたのか目を見開くと、みるみる顔色が青くなっていく。

『いやーー』

椿は叫び声をあげると、今度は本当に枝から転がり落ちた。

「なんだ、どうした？」

俺が椿の横に膝《ひざ》をついてたずねると、少女は真っ青《まさお》になって俺に抱きついてきた。甘い花の香りが鼻をくすぐって、人じゃないとわかっていても、少しばかりドキッとする。

「よしよし、落ち着け。どうした？」

椿の背をぽんぽんと叩《たた》いて、なだめながらたずねる。

『私の、大嫌いな、あいつら！』

椿は震えながら、細い指で、椿の梢《こずえ》の一角を指さした。近寄って見てみると、葉むらの一部にあいつらがいた。

黒っぽい体に、白く長い毛がびっしりと生えている、いかにも非友好的なフォルムの、あいつら。ぱりぱりと、音が聞こえそうな勢いで、椿の葉を食い荒らしている。

そう、毛虫だ。密集してうごめいているその姿に、俺も鳥肌が立って、腕をさすった。

「大発生しているじゃないか……」

虫って、一匹ならまだしも、群れていると、どうにも怖気《おぞけ》が走るんだよな。

毒があるやつだったら困るなと、手早くスマホを取り出して、ネットで「椿　毛虫」と入れて検索する。そうすると、すぐに情報がヒットした。

「チャドクガっていうのか……」

毒のある毛虫で、触ると猛烈に痒《かゆ》くなるから、要注意らしい。

『お願い、なんとかして！　はやく、今すぐ！』

椿が泣きわめいて、俺の着物の袖《そで》を引っ張っている。毛虫がよっぽど苦手なようだ。まあ、こいつにとっては、身体を食べられているようなもんだしな……。

「困ったな……」

神社にいる生き物は神の使いだというから、殺すのはご法度なんだけど……。

毛虫には、ご退場いただいてもいいだろうか。たぶん、いいよな。誰《だれ》かに被害が出ても困るし、椿を食い荒らされるのもかわいそうだ。

涙目の椿を見ていると、さっきのいたずらは脇《わき》に置いておいて、助けてあげようという気になる。

昔、遊んでもらったよしみもあるしな。

「とはいえ、どうしたらいいかな……」

とりあえず、毛虫を枝から落とそうと近づくも、数が多すぎて素手ではどうしようもなさそうだ。

「よし、ちょっと待っててくれ。すぐになんとかするから」

掃除は中断し、大急ぎで毛虫退治にとりかかることにした。

「虫退治なら、やっぱ殺虫剤だよな」

とりあえず、家に置いてあった殺虫スプレーを持って取って返した俺は、そろそろと毛虫の群がった椿に近づく。

『はやく、はやく！』

椿はへっぴり腰で俺の背中にはりついて、急《せ》かした。

「毛虫よ、悪いな」

俺は意を決すると、スプレー構えて噴射した。

殺虫剤を浴びた毛虫たちがのたうちまわり、効き目があるのを見て、さらに噴射しようとしたとき——。

「うわっ、なんだ⁉」

突然、腕にチクチクとした違和感を覚えて、俺は飛びすさった。

「やべっ、もしかして、毛虫の毒針かっ⁉」

俺はあわててチャドクガから距離を置いた。パッと見た限り刺されたあとはないが、明らかに違和感がある。

「と、とりあえず洗えばいいか⁉」

応急手当として、手水舎《ちょうずや》の水でチクチクする箇所を洗い流した。

椿の元に戻ると、毛虫はほとんどが健在で、相変わらずパリパリと椿の葉を食い荒らしている。

だが、もう一度スプレーを噴射するのは躊躇《ちゅうちょ》された。

「くそっ、殺虫剤では危険すぎる……」

『なにしてるのよ！　はやく助けて！』

椿が泣きわめいている。

しかし、このままでは俺の方がやられてしまう。

一旦《いったん》退散して、俺は改めて作戦を練り直すことにした。


神社の麓にある家に戻ると、仕事部屋でパソコンに向かい、改めて情報収集をする。

まずは「チャドクガ　駆除」で検索。

「駆除の基本は、毛虫のいる枝をそのまま切り取って袋に入れて……」

袋に入れて、ゴミとして出すなどと書かれている。そ、そんな方法でいいんだろうか。

熱湯や殺虫剤をかけてもいいが、お勧めしないとある。

「というのも、チャドクガは毒針をまき散らす習性がある。ってマジか⁉　すでにやっちまったじゃないか」

毛虫にやられた箇所は赤く腫れて、痒みが出はじめていた。

これがまた、けっこう辛《つら》い。とにかく痒い。おまけに、症状のピークは刺されてから一、二日後というじゃないか。考えるだけでぞっとした。

「くそっ、なんて危険なやつらなんだ……」

俺は顔をしかめながら、チャドクガという毛虫について調べていく。

知れば知るほどやっかいなやつのようだ。業者に駆除を頼むという手があるらしいが、すぐには対応してくれないかもしれないな。どうしようか。


進退きわまって頭を抱えたとき。

ピンポーン、と家のチャイムが鳴った。

「誰だろう？」

宅配は頼んでいないはずだ。前に、町内の人が急なお祓《はら》いを頼みにきたことがあったが、今回もその手の用件だろうか。

玄関の扉を開けると、そこには首に手ぬぐいをかけ長靴をはいた爺《じい》さんが立っていた。腕には野菜の詰まったダンボールを抱えている。

「おお、近所の噂《うわさ》で新しい神主さんが来とると聞いたが、本当だったか」

「あ、ご挨拶《あいさつ》遅れました。この度、白水神社《はくすいじんじゃ》を継がせていただいた、山宮翔太《やまみやしょうた》です」

町内の氏子さんのようだ。最近少しずつ、俺の存在が認知されてきているらしい。この間、町内会長には挨拶にいったが、そういえば他の人にはまだちゃんと紹介されていなかった。

「前の宮司《ぐうじ》さんの息子さんだの。小さいころ、鳥居で遊んどる坊主を見たわい」

「ええ、その節は、とんだ粗相を……」

子どものころの俺、やっぱり鳥居で遊んでたのか。罰当たりな子どもだ。

「大したもんじゃないが、うちの畑でとれた野菜だ。もらってくだせえ」

「ありがとうございます」

ダンボール箱にずっしりと入ったキャベツに玉ねぎ、そら豆などの野菜。どれもみずみずしくて、おいしそうだ。今度、畑のやり方を教えてもらおうかな……。


「おや、その腕はどうなされました？」

爺さんが、赤く腫れた俺の腕に気づいてたずねてくる。

「実は、さっき毛虫にやられまして……」

「おお、それはいかん。毛は取り除かれましたかな」

「とりあえず、水で洗いましたが……」

「そういうときは、テープで毛を除くのが肝要ですぞ」

そう言って、爺さんは素早く傷の手当てをしてくれた。さすが田舎の人。こういうときの対処法を知っている。

そこで俺ははっと閃《ひらめ》いて、爺さんにたずねかけた。

「そうだ、爺さん。毛虫の退治の仕方、わかりますか？」

「どの毛虫ですかね。イラガか、チャドクガか」

「そう、そのチャドクガです！　うちの神社の椿に出てしまって、おかげで椿が泣きわめいて……」

「泣きわめく?」

「あ、いえ、葉を食い荒らされて、かわいそうで……」

いけない、うっかり口が滑った。

「おお、それはいかん。チャドクガの毛は毒があってな、触るともう、痒くて痒くてたまらんのだ」

「退治できますか?」

「やっかいだが、できる」

爺さんは重々しくうなずいた。俺は爺さんの手をがしっと握って、ここぞとばかりにお願いした。

「お願いします、駆除を手伝ってください!」

「神主さんの頼みとあれば、ひと肌脱ぎますとも」

「やった、ありがとうございます!」

いざ、頼もしい仲間を得て、チャドクガとの闘いが再開した。

その十分後。

俺は作務衣《さむえ》姿で爺さんの軽トラの助手席に座っていた。まずは、武器の調達に行くのだ。

道すがら、爺さんの名前は村田《むらた》さんというのだと教えてもらう。これからは、ムラ爺と呼ぶことにしよう。

「チャドクガに素手で立ち向かうのは、得策ではない」

ムラ爺はそう説明した。どうやら詳しいらしく、頼もしいかぎり。

俺たちの向かった武器屋は、地元のホームセンター「はっぴーでい」だ。作務衣の俺と、首から手ぬぐいをかけた作業着のムラ爺は、並んで店に足を踏み入れる。

田舎のホームセンターは、こんな格好の俺たちが浮くこともないくらい、普通に作業着姿の人たちが買い物に来ている。農家の人や、工務店っぽい人たち。もちろん普通の格好をした買い物客もいる。

「さて、まずはあれだな」

ムラ爺は迷うことなく、殺虫剤が置いてあるコーナーへ向かう。手に取ったのは、「チャドクガ毒針毛固着剤」なるスプレー。まさに、チャドクガとの闘いに特化した武器だ。こんなものがあるんだな。知らなかった。

「神主さん、剪定鋏《せんていばさみ》や軍手はお持ちですかな」

「ちょっと分からないんで、買いましょう。経費で落とします」

さらに、剪定鋏という名の武器と、軍手という名の防具を手に入れる。

「あとは、この帽子があると便利ですわ」

ジャングル探検隊がかぶっていそうな、つばの広いハットに、首から顔を覆《おお》う布がついた帽子をムラ爺が探し出してくる。目だけが出て、街でかぶっていたら完全に不審者なやつだ。夏の草刈りのときにも重宝するらしい。さらに、ぶ厚めのビニール袋もゲットして、俺たちは武器屋《はっぴーでい》を後にした。

軽トラで神社へ戻る道すがら、ムラ爺がこれまでの毛虫との歴戦《ウンチク》を語ってくれる。

「チャドクガは椿やサザンカにつく。あとやっかいなのが、桜や桃に出るイラガだな」

「イラガなんてのもいるんですか」

「黄緑色でとげとげしいやつらだ。あれは刺されると痛い」

言われれば子どものころ、そんな毛虫を見たことがある気がする。うちの神社にも桜の木があるから、もし出たらメンヘラなしだれ桜は、卒倒しそうだな。大丈夫かな。よくよく、気をつけてやらないと……。

「だがまあ、虫が出るというのは、自然豊かな証拠じゃな。白水神社は森がすばらしい。蝶《ちょう》の種類も多い」

ムラ爺がひとりうなずきながら言う。

「そうなんですか？　毛虫なんて、どこにでもいそうな気がしますが」

「ところがな、蝶や蛾《が》の幼虫はグルメでな。決まった種類の木の葉しか食べないやつが、ほとんどなんじゃよ」

「へえ、そうなんですね……」

そうか、毛虫は贅沢《ぜいたく》なんだな。知らなかった。しかしムラ爺、やたらと虫に詳しいな。田舎の人ってのは、そんなもんなんだろうか？

軽トラのハンドルを握るムラ爺の白い眉毛《まゆげ》と、その下で鋭く光る眼差《まなざ》しを見やりながら、改めてこの人は何者だろうと考えた。

調達した装備をたずさえて、神社に戻った。ちなみに、参道の長い階段を、俺は相変わらず息を切らせながらのぼったが、ムラ爺がまったく平然として、ひょいひょいとのぼっていくのには驚かされた。ムラ爺、何者だ……俺も、もうちょっと鍛えよう。

椿の木のところでは、椿の少女が涙目で地面にうずくまっていて、俺に気づくと『遅いのよ！』と怒鳴り散らした。ちなみに、ムラ爺は椿の精にはまったく気づいていないようで、サクサクと毛虫退治の準備をしている。


「さて、始めるかの」

ムラ爺VSチャドクガ。

その勝敗は、初めから明らかだった。

帽子をかぶり軍手をはめたムラ爺が、固着スプレーを構え、迷いなく毛虫にスプレーを噴射した。白い粉のようなものが勢いよく毛虫を覆い、枝や葉に固着していく。

集団でうごめいて椿の葉をかじっていた毛虫たちは、真っ白になって動きを止めた。毒針で反撃する間もない、一撃必殺だった。

ムラ爺はスプレーから剪定鋏に武器を持ち替えると、二重にしたビニール袋の中に、毛虫のついた枝を切り落としていく。

少し離れてムラ爺の鮮やかな手際を眺めていた俺は、ぞっとするような気配で身構えた。

目をこらすと、無数の黒い羽虫のようなものが、ムラ爺の持つビニール袋から立ちのぼっている。瀕死《ひんし》の毛虫たちの怨念だろうか。黒いものは行き場を失ったように揺らめきながら、ゆっくりと俺のほうへ向かってくる。まるで、何かを訴えかけるように。

さすが神域の毛虫。そこらの虫とはわけが違うか。

俺はとっさに手を合わせ、口の中で祝詞《のりと》をつぶやく。

「掛けまくも畏《かしこ》き　御虫に宿りし御霊《みたま》よ
荒魂の明らかに事に及び物に当たりて誤つ事無く
違ふ事無く　漏《も》るる事無く　揺ふ事無く
拝仕奉る清き明き真心を　御心《みこころ》も平穏に聞しめせと
慎み敬いも白す――」

毛虫よ悪かったたな。俺もできればそっとしておきたかったんだが、やむを得なかったんだ。次からは、もっと森の奥深くで生まれ育ってくれたまえ。

俺は心をこめて、虫の魂が静まるのを祈禱《きとう》した。

祝詞が功を奏したのか、はたまた死ぬ間際《まぎわ》の断末魔にすぎなかったのか。

黒いものはすうっと空へのぼって消えていった。ただ、後味の悪い空気だけが、まだしばらく残って俺にまとわりついていた。

「さすが神主さま。こんな虫けらの命をも憐《あわ》れまれるのですな」

駆除された毛虫の入ったビニール袋の口をしばりながら、ムラ爺が感心したように俺を見ている。

「いえ、境内の生き物は、虫でも神の使いだと申しますので」

怨念が見えたとはさすがに言えなかった。ムラ爺は何も悪くない。俺の代わりに、毛虫を退治してくれただけだから。

『あいつら、いなくなった？』

椿が、コソコソと俺の背中に隠れて、毛虫がいた辺りを確かめている。

「とりあえず、駆除は終わったよ」

俺がそう伝えると、椿はほっとしたように息をついた。

『よかった！　これでひと安心』

ずっとおびえた顔をしていた椿は、ぱっと明るい笑みを見せる。

『お兄さん、意外と頼りになるのね』

「まあ、それほどでも……」

ほぼムラ爺のおかげだしな。

『ほんとうにありがとう！　さっきは、からかって悪かったわ』

椿が素直にお礼を言ってくれるので、俺もまんざらではなかった。

ひとつ残念なのは、椿の喜びようがムラ爺には伝わらないことだな。

ということで、俺は椿の代わりに、ムラ爺に何度も礼を言った。

「本当にありがとうございました。俺だけでは、どうしようもありませんでした」

「なんの。この神社は、うちの地域の大事な場所ですからな」

「そう言っていただいて、嬉しいです。椿も喜んでいると思います」

「お若いのに、ひとりで管理をするのも大変じゃろう。困りごとがあれば、遠慮なく町内の者に相談してくだされ」

「ええ、今度の町内会の会合では、正式にご挨拶させていただきます」


ムラ爺が帰っていった後、枝が切られてみすぼらしくなった椿の木を見上げて、俺はしばらくぼんやりしていた。

着物をまとった椿の少女は、また木の枝に腰かけて、俺を見下ろしている。

『ああ、すっきりしたわ』

枝葉を切られたせいか、長かった黒髪が少しばかりふぞろいになっている。

それでも、毛虫がいなくなって、嬉しそうだ。

今度、剪定をかねて、髪を整えてあげようかな。

「これにこりたら、参拝客にいたずらしないでくれよ」

生首を落とすイタズラは、さすがに心臓に悪いからな。

年配の人なら、それで発作でもおこしかねない。

『そんなことしないわよ』

椿はむっとしたように、口をとがらせた。

『だって、普通の人間は、話しかけても聞こえないんだもの……』

椿はつまらなさそうに、足をぶらぶらさせる。

『ここに来る人のほとんどが、わたしたちには気づかないのよ。たまに近くまで来て、花がきれいだとか言ってくれる人はいるけれど』

「まあ、そりゃそうか」

椿がイタズラで生首を落としたとしても、普通の人には、椿の花が地面に落ちたようにしか、見えないのか。


「……俺はどうして、見えるし、聞こえるんだろうな」

今まで俺は、理由はわからないながら、そんなものなんだと思っていた。子どものころから見えていたし、親父《おやじ》も妹も同じだったから、小さいころはおかしいとも思わなかった。

だけど、小学校に入って、友だちが神社に遊びに来たとき、初めて自分が「普通じゃない」と知った。

木に話しかける俺に、友だちが驚いて「お前頭おかしいの?」と聞いてきたときの、気味悪いものを見るような目を今でも覚えている。

その後も、何度かそんなできごとが続いて……だんだんと俺は、自分の体質を疎ましく感じるようになってきた。だから、中学・高校時代の俺は、できるだけ神社の仕事からは遠ざかるようにしていたし、森のものたちにも、関《かか》わらないようにしていた。

大人になって、記憶《きおく》も少しずつ薄れ、どんなやつがいたかも、忘れつつあったのに――今、こうして再び関わるようになるとは。

「それもまた、ご縁だよな」

思えば、神職の資格を取ったのも、なんとなく、そうしたらいい気がしたからだ。普通の大学に進学しながらも、夏休みを使って講習を受講して、資格を取得した。

そうして神主になって、神社に奉仕しはじめると、ますますはっきり、色々な生き物たちの気配を感じるようになった気がする。

俺は、駆除された毛虫の入ったビニール袋を、複雑な気持ちで見下ろした。毛虫の念まで感じるようになってしまうとはな。

「見えるって、こういうとき、辛いよな……」

東京にいるときは、何も気にせず虫を殺していたし、雑草を踏み折ったりもしていた。

だがこの神社の境内では、すべての草や木や虫にも宿るものがあるのだと、感じざるを得ない。殺せば、当然そいつらは死ぬ。当たり前のことだ。今まではそれで問題なかったのに、いざ死んでいく虫の念のようなものを感じると、思った以上にこたえた。

「難儀な体質だな……」

俺はため息をついた。親父はどうやって、折り合いをつけていたんだろうか。何も見えず聞こえない方が、淡々と仕事をこなしていけただろう。

『何を気にしているの』

椿が慰めるように、木の上から話しかけてくる。
『わたしたちは、嬉しいのよ。鳥や虫以外にも、話し相手ができて』
嬉しい、か……。椿の木にも、感情があるんだな。
とにかく、見えるという事実は変わらない。
だったら、何も考えずに日常を過ごした方がいいのだろう。
俺はそう自分を納得させることにした。

第四話 桜と巫女《みこ》志望の少女

おそらく日本人に一番馴染《なじ》みのある桜「ソメイヨシノ」があらかた散って、しだれ桜が若葉とともに咲きはじめていた。地面に向かって長く垂れ下がった枝に、少し濃いめの桜色の花が、なんとも風情があって美しい。

「普通の桜もきれいだけど、しだれ桜って、神社に似合うよな」

俺《おれ》がスマホを構えて写真を撮りながらそう言うと、しだれ桜の下でくるくると踊っていた少女が、

『そうでしょ、そうでしょ』と嬉《うれ》しそうに笑った。

花が咲きはじめてエネルギーがあがっているのか、癖《くせ》のあるふわふわの髪をおろし、ほおをピンク色に染めた桜娘は、なんともかわいらしい。

ちなみに、スマホの画面の中には写っていない。

「こいつらが写真にも写ったら、絵になるのにな」

写ったら写ったで物議をかもしそうだが……。俺は残念に思いながら、撮った写真をチェックする。

遠日に神社の本殿としだれ桜が写っている写真と、それに桜の花のアップの写真を選んで、俺は最近開設したSNSの神社アカウントに投稿した。

「白水神社《はくすいじんじゃ》では、しだれ桜がもうすぐ満開です……っと」

そこに、町名や神社名、春、桜、などのタグをつけていく。

神社あるあるをつぶやいたり、参拝の仕方を解説したり、神主の日常写真を載せたり。毎日投稿をしていると、少しずつ見てくれる人が、出てきているようだ。こんな田舎の無名神社のＳＮＳをチェックするのって、どういう人なんだろうな……。

ちなみに、最初にフォローをしてくれたのは、前にちょっとした恋愛相談を受けて以来、なんとなく仲良くなった階段ダッシュ少年だ。ＳＮＳを作ったことを話すと、「気晴らし」と言いながら階段ダッシュをしにきては、俺と雑談をしていく。ＳＮＳを作ったことを話すと、その場ですぐにフォローしてくれて、俺の投稿にも「いいね」を押してくれる貴重な存在だ。

俺はしだれ桜の下の石に腰かけて、スマホで作業を続ける。桜娘が不思議そうに、俺の肩越しにスマホをのぞきこんだ。

『これは何?』

「前に言ってた、ＳＮＳってやつだよ」

『あら、ここに私がいるわ』

ふふふ、と笑ってしだれ桜の木を指さす。

「そうそう、これが写真ってやつだよ」

『人間はおもしろい力があるのね』

「力ってか、技術というか……」

桜にとっては、魔法のように見えるのかな。俺たちは当たり前に使っているけれど、よく考えると写真とかスマホとか、文明の利器《りき》はすごいよな。

「しかし、やっぱり社務所が欲しいよな……」

木の下で作業をするのも悪くないが、小さくてもいいから、屋根のある社務所があったほうが便利だと思う。何をするにも、いちいち長い階段をのぼりおりして家に帰るのは、やはり面倒だ。疲れるし、雨の日は濡《ぬ》れるし。

「せめて、ベンチでも設置するか。年配の参拝客も、座って休憩する場所があると嬉しいだろうしな」

最近の俺は、神主としての日々のお勤めにも慣れてきて、掃除だけではなく、少しずつ神社の環境改善に取り組んでいた。

その第一弾として、先日は手水舎《ちょうずや》に人感センサーを取り付けた。今のご時世、節水は大事だからな。

問題は、体温の高い動物にしか反応しないことで、お白様や苔《こけ》の精が近づいても水が出ないから、彼らにはぶーぶー文句を言われた。水盤の水を使ってくださいと、なだめておいたが。

それに、神社SNSの開設。神社での日常を発信していくつもりだ。まずはうちの神社の存在を広めないことには、経営が成り立たない。

『ねえねえ、いつお花見するの？』

桜娘がうるさく俺にまとわりついて、たずねてくる。以前なりゆきで約束したことを、しっかり覚えていたようだ。

「花見と言っても、誘う人もいないしなあ」

『友だちいないの？』

桜娘が、憐《あわ》れむように俺の頭をなでてくる。桜の花びらが、ひらりと鼻先をかすめた。

「ぼっちのお前に言われると、なんかムカつくな」

しだれ桜は、神社の境内《けいだい》で一本きりしか生えていない。

『あら、私はお友だち、たくさんいるわよ』

「ほう、例えば？」

『メジロでしょ、雀《すずめ》でしょ、ミツバチでしょ』

桜娘が指折り数えながら、何が嬉しいのかふふっと笑って、またくるくると踊り出す。俺はそれをぼんやりと眺めた。

仕事を辞めてこちらへ引っ越してきたときは、神社を継いでひっそり暮らそうと思っていた。地元を離れて長いから、連絡をとっている昔の同級生もいなかったし、ブラック企業での激務に疲れていた俺は、しばらく静かに過ごせればいい、と思っていたものだ。

だが、実際に神主になってみると、誰彼《だれかれ》と話しかけてきて、なんだか前よりも賑《にぎ》やかな気がする。半分くらいは、人間じゃない八百万《やおよろず》のものたちなわけだが。それが案外嫌ではない自分がいて、我に返ると不思議な気がした。

「おや、ダイレクトメッセージが来てるな」

俺がぼんやりしている間に、ＳＮＳにメッセージが入っていた。知らないアカウントからだ。いわく、

『アルバイトで働きたいです』

そこには自己紹介も何もなく、ただ一言そんな言葉が表示されていた。意表を突いた問い合わせに、俺はしばらく目を瞬かせた。

アルバイト？　募集した覚えはないのだが。そもそも、バイトを雇うほどの仕事もお金もないというのに。こんな寂《さび》れた神社でバイトをしたいなんて、奇特な考えの持ち主は一体誰《だれ》なんだろうかと、俺は首をひねるばかりだった。

そのアカウントの投稿を確認するも、食べ物や風景の写真ばかりで、何者か不明だった。風景の写真の中には、ちらほらと見覚えのある町の景色があったから、町内に住んでいるらしいことはわかる。

「地元の人みたいだし、一度話だけでも聞いてみるか……」

俺はとりあえず返信をした。すぐにメッセージが返ってきて、しばらくやりとりした結果、今日の夕方、さっそく面接に来てくれるというので、神社で会うことになった。

昼間は家でＩＴエンジニアとしての仕事をして、夕方約束の時間になると、いつもの浅葱色《あさぎいろ》の袴《はかま》をはいて、神社へ向かう。

長い階段の最後の数段に足をかけたとき、色あせた鳥居の向こうに、ひとりの少女がこちらに背を向けて立っているのに気がついた。学校の制服らしい紺色のブレザーに、丈を短くした紺と緑のチェックのスカート。肩を越すくらいの黒髪が、無造作に背中に流れている。

「あの子かな……？」

連絡をくれた子だろうかと声をかけようとして、俺はぴたりと足を止めた。

少女が立っているのは拝殿の賽銭箱《さいせん》の前。そして賽銭箱の上には、とぐろを巻いた白蛇が赤い目を光らせていた。

「……お白様」

状況がわからなくて、俺は息をひそめて鳥居の前で立ち尽くす。

見守っていると、少女が一歩前に踏み出した。そして、片手をお白様のほうに差し出す。お白様は身動きしない。何が起こるのかと、俺はごくりと唾を飲み込む。

ちゃりん、と音がして、お賽銭が賽銭箱に入ったのだとわかった。少女は拝殿の鈴をからんからんと鳴らすと、両手を合わせて礼をした。俺はずっこけそうになる。なんだよ、ただ参拝しているだけか。お白様もまぎらわしい。

お参りが終わると、少女は一歩後ろにさがって、くるりとこちらを振り向いた。

「あ、神主さん」

少女は俺に気がついて、ぺこりと頭を下げた。黒髪の一部に、赤いメッシュが入っている。それは、この間母親に連れられてお祓《はら》いに来た少女だった。

「誰かと思ったら、君だったのか」

「この間はありがとうございました」

少女は律儀に礼を言って、はにかむような笑みを見せる。その表情が、少し明るくなったようで、俺はほっとした。お祓いの効果があったのかな。

俺たちはしだれ桜の下に座って話すことにした。お白様がちゃっかりついてきて、いつもの定位置、俺の肩の上に乗っている。

『ここでお勤めしたいとな？　私も一緒に見てやろう』

「お白様、余計なことはしないでくださいよ」

こそこそと、お白様にくぎを刺しておく。

「突然連絡して、すみません」

「いや、全然かまわないけどな。学校帰り？」

「はい。始業式でした」

そういえば暦はもう四月で、新学期が始まるころだ。世間から疎い生活をしていると、そんなことも忘れている。

俺たちが話している後ろで、しだれ桜が木の陰からこちらをのぞき見ている。興味津々な様子だが、お白様に遠慮しているのか、側《そば》には近づいてこない。

「ここ、不思議な神社ですよね」

少女が周囲を見回しながらそう言った。

「さっきもお参りするときに、誰かに見られている気がしたの」

「あー」

お白様が見ていたからな。気配に気づいていたということか。

「……ほんと、君は鋭いよね。小さいころからそうなの？」

俺の質問に、少女は顔を曇らせて、こくんとうなずいた。

「だから、お母さんがイライラするの」

人には見えないものが見えたり、感じたりすることの辛《つら》さや疎外感は、俺もよく知っている。少女の気持ちを想像して、俺は昔の自分を思い出した。

「ここだけの秘密だけど、俺も『見えるほう』なんだよ」

声をひそめて、俺は普段、家族以外には隠していることを明かした。この子も同類のようだから、言っても大丈夫だろうと判断したのだ。

「子どものころ、友だちに気味悪がられたこともある」

小さいときの経験を話して聞かせると、少女が意外そうな、ほっとしたような面持ちを見せた。

「神主さんでもそうだったのね」

きっと、今まで誰にも相談できなかったのだろう。少女は身を乗り出すようにして、きらきらとした眼差《まなざ》しを俺に向けてくる。

「神主さんは、はっきり『見えて』いるんですか？」

「そうだね。この神社のものたちだけだが……」

「私、見えないんですよ。ただ、いることがわかるだけで」

そう言いながら、少女は俺の肩に視線をやる。お白様が鎮座している辺りだ。なるほど、感じ方や見え方は人によっても違うんだな。そういえば、俺はいわゆる幽霊の類には疎いが、妹は人一倍霊感が強くて、あれこれ見えていたようだった。

「もし悩むことがあったら、俺でよかったら話を聞くよ」

「ありがとうございます」

「で、本題だけど。ここでアルバイトしたいんだって？」

俺がそう切り出すと、少女は居住まいを正して俺に向きなおった。

「あの。私、巫女になりたいんです」

「へ？」

「アルバイトでもいいから、働かせてください」

「ええっと……」

少女は、意志の強そうな目で俺を見てくる。言い出したら聞かないタイプみたいだな……。

「どうしてまた、巫女になりたいの？」

「それは……」

少女は目を伏せて言いよどんだ。赤メッシュの横髪が、はらりと顔にかかって影を落とす。

「もっと知りたいんです」

つと顔をあげて、少女はまっすぐに俺の顔を見た。

「私が感じているけれど、見えていないものは、なんなのかって」

「なるほど……」

その言葉を聞きながら、俺は指をあごに添えて考えた。

彼女が感じているもの――それは人ならざるものの気配だろう。

確かにこの子なら、巫女に向いているかもしれないな。今でも感じる力が強いから、神域であるこの神社で長く過ごしたら、本当に見えるようになる可能性もある。少なくとも、いたずらに怖がったり、惑わされたりすることは減るだろう。

俺自身、子どものころは自分の体質で悩んだからな……。もし助けになれるなら、という気持ちも湧《わ》いてくる。

それに、と俺は頭の中で策略を巡らせた。

この子に神楽《かぐら》を習得してもらったら、お祭りや祈禱《きとう》のときに助かる。正月の初詣のときも、お札やお守りを売ってもらおう。ＳＮＳにも巫女の写真をあげたら、かなり映えるぞ。うん。緋袴《ひばかま》の巫女は絵になるからな。そうしたら、参拝客も増えて、神社の収入もアップするかもしれない……。

妄想が膨らみかけたところで、俺はハッと我に返る。

いやいや、中学生を働かせるのはヤバいか。家業ならまだしも、一般人だ。流されてはいかん。

「中学生をアルバイトで雇うのはちょっとね……」

俺は理性をフル動員して、そう断った。

少女は目をぱちくりとさせた後、むっとしたように口をとがらせた。

「私、この春から高校生です」

「あ、そうですか……」

断る理由を失った俺は、少女を見習い巫女として、雇うことになったのだった。

うっかりアルバイトとして雇うことになった巫女志望の少女。

名前を水谷結衣《みずたにゆい》という。高校一年生。

小柄で目が大きくて丸顔だから、年齢よりは少々幼く見える。そして、ピアスに赤メッシュと、なかなかパンクな風貌をしている。ちなみに学校では、入学早々、生徒指導の先生に目をつけられているらしい。そりゃそうだろうな。

「とりあえず、掃除を手伝ってもらおうか」

雇うと言っても、こんな零細神社には大した仕事もない。日々の掃除と、たまのお祭りと、年末年始くらいだろうか。


「お守りやおみくじを売ったりしないの？」

竹ぼうきを握った結衣ちゃんは、まじめに地面をはきながら、たずねてくる。大きい神社では社務所に巫女さんがいて、お守りを売っているから、そのイメージなのだろう。

「うちは小さい神社だし、それほど参拝客がいないので、お祭りのとき以外は売ってないんだよ」

俺が説明すると、結衣ちゃんは口をとがらせた。

「えー、つまんない。おみくじがあったほうが、お客さんが来るんじゃないの？」

「た、たしかに……。何もないから参拝客が来ない、というのも一理あるか……」

結衣ちゃんの鋭い指摘に、思わず考え込む俺。

「私、巫女さんの服着ておみくじを売るのが夢なの！」

ほうきをぐっと握って力説する結衣ちゃん。

なるほど、そっちが目的か。まあ、高校生なら緋袴の巫女服に憧《あこが》れる気持ちもわかる……。

とりあえず、今度着付けを教えてあげないとな。


しばらく黙ってほうきを動かしていると、結衣ちゃんがはっと息を飲み込んで動きを止めた。

「どうした？」

何かいたのかなと思って辺りを見回すと、お社の脇《わき》にそびえるご神木の根元に、人影があった。

半白の長い髪に、中性的な顔立ちの男性。焦茶《こげちゃ》色の絣《かすり》の着物をまとい、なぜかきちんと正座して黙想している。その凛として静かな気配は……間違いなく、ご神木の主だろう。

あんまり静かな空気感で、今まで俺も気づいていなかったくらいだ。

「そこに、何かいる？」

結衣ちゃんが緊張した面持ちでたずねた。

その感覚の鋭さに、俺は感心した。

「うちの神社のご神木だよ」

俺はご神木に向かって丁寧に一礼した。

結衣ちゃんも俺にならって、ぺこりと頭をさげる。

「古い木なの？」

結衣ちゃんが声をひそめてご神木を見上げる。

「そうだよ。樹齢三百年なんだって」

親父《おやじ》がそう言っていたから、受け売りでもっともらしく教えた。

すると、黙想をしていた男がすっと目を開いた。

『私は、齢《よわい》四百を数えます』

ご神木に指摘されて、俺はぎくりとする。

「それは失礼しました」

『構いません。あなたたち人の子には、想像もつかぬ数字でしょう』

なんだかとても丁寧な口調のご神木。それが少々、意外だった。

お白様を筆頭に、人ならざるものは大体、気ままでわがままなやつが多いからな……。

「すごーい。大きい木って、やっぱり何かいるよね」

俺たちのやりとりはよそに、結衣ちゃんはご神木の周りをぐるっと回り、歓声をあげている。

ご神木の神聖な気配は感じるが、主《あるじ》の姿は見えていないらしい。見えていたら、あんな側には近寄れないだろうからな……。

それでも、家族以外で神社に棲《す》まうものたちに気づく人と接したのが初めてだから、俺は新鮮な気持ちで結衣ちゃんの反応を見守っていた。

ひと通りの掃除が終わると、それで仕事は終わり。

「じゃあ、お疲れさま。来週もよろしくね」

俺がそう言うと、結衣ちゃんはキョトンとした顔をした。

「え、これだけ？」

「だって、掃除以外に仕事もないからさ……」

困ってそう説明すると、結衣ちゃんはつまらなさそうに、「もっと何かしたいです」と訴えてくる。

勤勉なのはよいことだけど、本当に何もないんだよな……。

「あ、じゃあ私、おみくじを作る！」

結衣ちゃんがぽんと手を打ち合わせて、そんなことを言い出した。

「え、おみくじ？」

「オリジナルおみくじ、よくないですか？　お白様やお社のイラストをつけるの」

「な、なるほど……」

「私、こう見えて絵を描くの得意なんです」

お祭りでは業者さんに依頼して、ごく普通のおみくじを注文していたが、確かにオリジナルのイラストをつけてもらうこともできる。

悪くないかもしれないな。

さすが高校生の発想だ。

俺はすぐに家から紙と筆ペンと画板を持ってくると、ふたりでしだれ桜の下に座って、おみくじのアイデアを練った。

「おみくじって、何種類？」

「よくあるのは、七種類だな」

神社によって違いはあるが、オーソドックスなのは「大吉」「吉」「中吉」「小吉」「末吉」「凶」「大凶」の七種類。

「大吉は何かな。弁天様？」

『これ、私を忘れてどうする』

お白様が桜の枝からぶらさがって、結衣ちゃんの手元をのぞきながら突っ込む。

「結衣ちゃんは、お白様のお姿を知らないんだから、仕方ないですよ」

不服げなお白様に、こっそり弁解しておく。

『あっ、これはわたしね』

しだれ桜が、結衣ちゃんの描いた桜のイラストを見つけて、ふふっと嬉しそうに笑った。

「あとは、何の絵がいいかなあ」

「鳥居とか、椿《つばき》の花もいいかもな」


小一時間ほど考えて、墨で描いたイラストが完成した。

「おお、いい感じじゃないか！」

俺はすかさず写真を撮ると、ＳＮＳに「おみくじ制作中」として投稿した。

「私もシェアする！」

結衣ちゃんも、自分のアカウントに描いた絵を載せたみたいだ。タグにはしっかり、「＃白水神社」と入れてくれている。

今度ちゃんと印刷の依頼をして、本当におみくじを出すことにしようかな。

無人の野菜販売みたいに、無人おみくじも悪くはないだろう。


「あー、楽しかった」

「結衣ちゃん、ありがとうな」

俺が礼を言うと、結衣ちゃんはふと目を伏せて、はにかむような笑みを見せた。

「ううん。こちらこそ、ありがとうございます」

逆に礼を言われて、俺は目を瞬かせた。

俺は何もしていないし、手伝ってもらっているのはこちらだ。

「だって神主さんは、私のこと変人扱いしないもの」

結衣ちゃんの声に、ふと寂しげな響きが交じった。俺ははっとして彼女の顔を見る。

見えないものの気配を敏感に察する彼女は、母親からも「何かに取り憑《つ》かれている」と言われて、お祓いをお願いされたくらいだ。日常生活でも、色々と苦労しているのかもしれないな。気配に敏《さと》い子は、往々にして、人の感情にも敏感だしな……。

俺自身、高校生のころは神社に棲む八百万のものたちを避けていたから……彼女の気持ちはわかる気がした。

「私が変だから。お友だちもいないし」

結衣ちゃんは、赤いメッシュの入った横髪をつまむと、指先でクルクルともてあそぶ。

「まあ、変わっているとは思うぞ」

俺は少し考えてから、そう言った。

「だけど、人と違ったって、いいじゃないか。どこかには、気の合うやつだっているよ」

それはもしかしたら、昔の自分にかけたい言葉かもしれなかった。

「……そうですね」

結衣ちゃんは小さく微笑《ほほえ》んで、うなずいた。


『ねえ、お花見は？』

せっかく俺たちがしっとり話しているのに、割り込んでくる声があった。

桜娘だ。くるくる回って俺にまとわりついている。風に舞った桜の花びらが、肩の上にのっていた。

「あーもう、わかった、わかった」

やっぱり、花見を企画しないといつまでも絡《から》まれそうだな。

「この桜、ちょっと珍しいね。すごくきれい」

結衣ちゃんが改めてしだれ桜を見上げて褒めると、桜娘はほおを染めて、『ふふ、そうでしょ』と嬉しそうだ。

「そうだ、結衣ちゃん。今度の日曜日、もし花見をしたら来てくれる？」

「お花見！　いいですね、お弁当作ってきます！」

すぐにのってくれる結衣ちゃん。そのノリの軽さが素晴らしい。

「よかった、ありがとう。桜がさ『お花見はいつ？』ってうるさくて」

「……桜がうるさい？」

結衣ちゃんはきょとんとした顔をした。

「あっ、いやまあ……」

遅れて自分の失態に気づいて、俺は冷や汗をかいた。そういえば、見えることは言ったけれど、会話ができることは言っていなかったかもしれない。

ヤバい、さすがに、木としゃべる頭のおかしい神主と思われるか……。

ひとり焦《あせ》っていたが、結衣ちゃんはしばらく俺と桜の木を交互に見た後、くすりと笑った。

「神主さんも、変わってますよね」

「……否定はしない」

「人と違ったって、いいってことですね？」

結衣ちゃんがいたずらっぽい笑みを浮かべて、先ほど俺が言った言葉を、そのまま返してくる。

「ま、そういうことだ」

俺は苦笑してうなずいた。

見えること、聞こえること。

難儀なこともあるけれど、それが自分の性質だから。

諦《あきら》めて受け入れて、いっそ楽しむのが肝要かもなと、俺は結衣ちゃんとの会話を通じて思いはじめていた。

＊＊＊

風が吹くと桜の花びらが舞い散って、辺りを桜色に染める。

お天気のよい日曜の昼下がり、俺は本殿の裏に生えるしだれ桜の下に、ビニールシートを広げていた。しだれ桜はすっかり満開で、少し散りはじめている。

俺の周りでは、桜色の髪をふわふわ風になびかせて、桜娘がくるくると踊っていた。

『やっとお花見なのね！　先にわたしが散ってしまうところだったわ』

その言葉で、桜が、短く咲いてすぐに散るはかない花であることを、今さらながら思い出した。花が散ったら、こいつはどうなるのだろう。力が落ちて、姿を現さなくなるのだろうか。ふとそんな疑問が浮かぶ。

お白様は桜の枝の上でとぐろを巻いて、日向《ひなた》ぼっこをしている。目を細めて気持ちよさそうだ。

「神主さん、こんにちは」

結衣ちゃんが、大きめのバッグを肩にかけて現れた。

「あ、結衣ちゃん。この間のおみくじの投稿、いい感じだよ。今までになく、たくさんいいねがついてさ」

バズるというほどではないが、知り合い以外からもいいねがついていた。

「私もね、学校で話しかけられたの。今度おみくじひきたいって、言ってもらったよ」

結衣ちゃんはにこにこと嬉しそうだ。

友だちがいないと言っていたけれど、おみくじのイラストがきっかけで、よく話す子ができたみたいだ。よかったよかった。

「これ、お母さんが作ってくれたお弁当。あ、おにぎりは私が握ったのよ！」

「おお、サンキュ」

ちょっと照れながら、自分も作ったことを主張する結衣ちゃんがかわいい。

ビニールシートの上に、重石《おもし》がわりに大きなタッパーをふたつ並べた。

「こんちわ！」

元気のいい声がして、階段ダッシュ少年が彼女と一緒にやって来た。知り合いの少ない俺は、花見に声をかけられる人が数えるほどしかおらず、ＳＮＳでつながっていた彼に「花見するけど来ない？」と聞くと、「行きます！」と二つ返事で了承してくれたのだ。

彼はコーラとオレンジジュースにスナック菓子を持ってきてくれた。

「あっ、手水舎がいい感じ！」

手を清めにいった結衣ちゃんが歓声をあげた。なになにと、階段ダッシュ少年と彼女もそちらへ駆け寄る。

「桜の花が水に浮かんでる！」

「これ、お兄さんがやったの？　意外としゃれたことするんですね」

俺はふふんと腕組みして、「花手水《はなちょうず》っていうんだ」と自慢げに説明する。

写真を撮りながらキャッキャはしゃいでいる高校生たちの後ろから、俺も手水舎をのぞきこむと、苔の小人が竹の棒の上で『この人たちうるさい』と困惑していた。普段は静かな森の神社に、元気な若者たちが急に集まってきたから、驚いているのだろう。

「なんじゃ、花見と聞いとったが、若人のごうこんなのかね」

「あ、ムラ爺《じい》。来てくれたんですね」

今度はムラ爺が、息ひとつ乱さず階段をのぼってきた。相変わらず作業着姿で首に手ぬぐいをかけている。手には一升瓶《いっしょうびん》の入った袋を提《さ》げていた。

「さ、はじめようか」

ビニールシートで車座になり、高校生たちはジュースを、俺とムラ爺は日本酒を紙コップに注《そそ》いで各々手にとった。

「新しい神主さんのご活躍を祈って」

「かんぱーい」

ムラ爺の音頭で、紙コップを打ち合わせる。

「あ、この唐揚げうまい！」

階段ダッシュ少年——名前は永井《ながい》くんというと、今日初めて知った——が唐揚げをほおばりながら、声をあげる。ちなみに、永井くんとその彼女は、結衣ちゃんと同じ高校の三年生らしい。学年が違うからお互いに話したことはないが、なんとなく顔は見たことがあるとか。

俺は食べ物に群がる若者を横目に、ムラ爺と日本酒を味わう。スッキリと辛口で、ぬるくてもおいしくいただける、いいお酒だ。ムラ爺いわく、地元の酒蔵のお酒らしい。いいな。今度見学に行こうかな。


『これ、私にも酒を献上せんか』

頭上から白蛇が酒をカツアゲに来た。

「はいはい、わかってますよ」

俺は他の人に聞こえないように心の中で返事をして、準備していたお神酒用の白い盃《さかずき》に日本酒を注ぐと、花びらを一枚添えて、桜の枝の上にそっと置く。お白様はするすると、音もなく移動してきて、日本酒に口をつけた。

「酔っぱらって、落ちてこないでくださいね」

忠告するが、お白様はあっという間に一杯飲み終わって、次を所望する。仕方ないので、もう一杯ついでやる。

「神主さん、桜にも酒をお供えするのですかね？」

そうムラ爺に聞かれて、ぎくりとしながら答える。

「ええ、お花見させてもらっているのですし」

「神主さんは、木や虫にもおやさしいのですな」

さらに次をねだる白蛇は無視し、俺は腰を下ろして、唐揚げに手を伸ばす。一口かじると、衣がさくっと音を立て、じゅわっと生姜《しょうが》風味が口に広がった。うん、うまい。

『にぎやかね！』

桜娘も本当に嬉しそうで、桜吹雪を身にまとって、くるくると踊っている。その様子を見るだけで、花見を企画してよかったと思えた。

俺たちがわいわいと宴会をしていると、興味をひかれたのか、周囲には小さな生き物が集まってきた。トカゲやミツバチ、雀などの小動物から、草花に宿る小さいものたち。

彼らは日向で身体を伸ばしたり、こぼれた食べ物をつついたり。風に吹かれて転がったり。微笑ましくて、俺はひとり唇をほころばせる。

穏やかで平和で、賑やかな花見の会。

ほろ酔いになってきた俺は、手を後ろについて空を見上げ、目を閉じる。まぶたの裏に光を感じ、ほおには風が触れる。なんて心地よい時間だろうか。

俺は今ここに座っている自分を、改めて不思議に思った。一年前の、企業勤めで殺伐とした自分からは想像もできなかった。

神社を継ぐということを勢いで決めてしまったが、それでよかったのかもしれないなと、しみじみ感じた瞬間だった。

第五話　隣町の神社とカラス

「神主さんって、車運転するんですね」

お天気がよい土曜日の午前中。
俺《おれ》は軽自動車のハンドルを握って、田舎道を走っていた。
ちなみに、東京にいるときは完全にペーパードライバーだったが、地元にUターンしてから、車に乗る機会がぐっと増えた。というか、車がないと生きていけない。田舎あるあるだ。車を置いていってくれた親には感謝している。まあ、沖縄に車を持っていくなんて、大変そうだしな。
いやしかし。それにしてもだな。

「みんな神主への誤解がありすぎないか」

頭は剃《そ》らないのか？

肉を食べちゃだめなのでは？

一生独身なんだよね？

いや、それ全部、仏教のお坊さんだから。そして現代のお坊さんは、そんなに戒律厳しくないことも多いし。頭は剃ってるけど。

「だって、神様や仏様に仕えてる人って、普通のことをしちゃダメなイメージなんだもの」

「気持ちはわかるけどね……」

運転しながら、俺は苦笑した。

助手席に座っているのは、うっかりアルバイトとして雇うことになった巫女《みこ》志望の結衣《ゆい》ちゃん。

雇ったといっても、うちみたいな零細神社に仕事はほとんどないから、学校が休みの日に、神社のご奉仕（掃除）を手伝ってもらうのと、あとは袴《はかま》の着付けや神楽《かぐら》を覚えてもらうことになった。

地域のお祭りのときには、ぜひ色々と手伝ってもらうつもりである。


しかし、そこで問題が発生する。

まず、俺は男だ。女の子の着付けを手伝うのは、さすがにはばかられる。

そして、神楽もできない。

つまり、何も教えられない。

「困ったな……」


ということで、俺は現状報告もかねて、沖縄にいる親父《おやじ》に電話で相談した。

「おお、翔太《しょうた》か。どうだ、うまくやっているか？」

電話越しに聞く親父の声は、以前よりも張りがあって、沖縄で元気にやっていることがうかがえた。

「……まあ、なんとかな。親父が残してくれた手引書は、ありがたく参考にしているよ」

「本当は、私が直接教えてやりたかったのだが。まあ、お前もいい大人だ。小さい神社のことだし、ある程度は好きにしたらいい」

「そんなもんかね」

神社というと、しきたりとか伝統とか、うるさそうなものだけどな。

「うちの神様はおおらかだから、大丈夫だ」

「それは間違いないな」

お白様を思い浮かべて、俺は何度もうなずいた。

「夏の大祭のときには、さすがに私も手伝いに戻ろう」

「ああ、そうしてくれると助かるよ」

日々のお勤めはまだしも、地域の夏祭りでもある大祭となると、俺ひとりでは心もとない。

「ところでさ、近所の高校生が、巫女をやりたいって言うんだよ」

しばらく雑談をした後、本題を切り出した。

「それで、巫女服の着付けを教えてあげたいんだけど、俺ではちょっと難しくて……」

「なるほど、そんな子が今時いるんだな。珍しい。昔は加奈《かな》がやっていたが、最近は巫女なんてとんといなかったから」

「変わっているけど、いい子だよ」

ふむ、と電話の向こうで親父はしばらく考え込む素振りをみせた。

「それなら、熊野神社の宮司《ぐうじ》さんを頼ってみなさい」

「熊野って、隣町の神社の？」

「ああ。私が入院しているときも、お世話になった。きっとよくしてくれるだろう」

「わかった。連絡してみる」

結衣ちゃんの着付けや巫女指導の件はなんとかなりそうで、俺はほっとした。

「落ち着いたら、沖縄にも遊びに来なさい。いい場所だよ」

「俺だって行きたいよ」

沖縄でのんびりしたいのは山々だけど。

今はまだ、目の前のことで手一杯だからな……。

近いうちに、きっと遊びに行こう。きれいな海とおいしい食べ物に癒《い》やされよう。うん。

＊＊＊

そんな経緯で、俺と結衣ちゃんは今、隣町の神社に向かっているのだった。

しばらく運転するうちに、田んぼと畑ばかりだった風景に、少しずつ住宅やお店が増えてきて、やがてちょっとした「街」のエリアに入った。そこは、この地域では栄えている大きめの町で、駅前なんかは、ホテルやレストラン、飲み屋もあって、賑《にぎ》わっている。

駅からさほど遠くないところに、緑がこんもりと茂った一角が見えてきた。さらに近づくと、立派な赤い鳥居が家並みの間から現れる。俺はそちらへ向かって車を走らせた。

「ここの神社の宮司さんには、すごくお世話になっていてね」

俺は神社の駐車場に車を停《と》めながら、そう説明した。

親父が入院していたときにも、代わりに神社の世話をしてくれた親切な方だ。俺が小さいころはまだ見習いの身分だったたが、今では立派な宮司になられている。

「熊野神社、一回来たことあります。縁結びで有名ですよね」

「うちとは違ってね」

「おみくじしていこうかな」

結衣ちゃんは巫女志望だけあって、神社巡りが好きらしく、目をきらきらさせている。神社好きＪＫ。渋いな。年配の人にモテそうだ。

後部座席から平べったい四角の着物バッグを取って肩にかけ、俺は結衣ちゃんを先導して歩き出した。一の鳥居の前で軽く一礼し、広い参道の真ん中は避けて、境内《けいだい》に足を踏み入れる。

とたんに、ぴりっとした視線をほおに感じた。

周囲に目を走らせるが、何も見えない。

「さすが神社。やっぱり何かは、いるよな……」

白水神社《はくすいじんじゃ》の外に出ると、俺のアンテナは少々鈍ってしまってクリアにはわからないが、存在は感じられる。それにしても、気配が鋭いのが気になった。

いつもはもう少し、ふわっとやわらかい空気に包まれているというのに……。

「結衣ちゃんは、何か感じる？」

「見られているような気はします」

結衣ちゃんも少し緊張した面持ちで、俺の後ろに隠れるようについてくる。


ここ熊野神社は地元ではちょっとばかり有名なパワースポットで、週末だからか、今もちらほらと参拝客がいて賑わっていた。境内は広くて明るく、地面にはきれいな砂利が敷かれ、さんさんと春の陽光が降《ふ》り注《そそ》いでいた。鬱蒼《うっそう》とした森に囲まれて、いつでも薄暗いうちの神社とは大違いだ。


作法にのっとって手水舎《ちょうずや》で手水をとってから、拝殿のはす向かいに建つ社務所に声をかけると、若い神主さんが中に案内してくれた。

「おお、山宮《やまみや》さん。よく来てくれたね」

この社務所には小さいながら、ちゃんと宮司室まである。会社で言えば「社長室」みたいなものだが、デスクに向かっていた五十過ぎくらいの男性が、立ち上がって出迎えてくれた。枯れ木みたいに痩せて長身の男性だ。紫色の袴をはいている。

「こちらこそ、不躾《ぶしつけ》なお願いをして恐縮です」

「いやいや、今日は日取りがいいもので、結婚式が二件とご祈禱《きとう》が何件か入っていてね。ところが、禰《ね》宜《ぎ》が風邪を引いて昨日から休みとくる。渡りに舟とはこのことだ」

「未熟者ですが、精一杯、お手伝いさせていただきます」

つまりは、俺が臨時で仕事の補助をする代わりに、ここの巫女さんから、袴の着付けや神楽のことを、結衣ちゃんに教えてもらえる話になったのである。

深刻な人材不足が叫ばれるこの世の中。神社について言えば、高齢化や後継者不足は以前から問題になっていたと思う。お互いに人手が十分とは言えない状況、持ちつ持たれつだ。

「ネギって?」

結衣ちゃんが、こそこそと後ろからたずねてくる。

「この神社で、宮司さんの次に偉い人だよ」

俺もこそこそと、説明する。

神社にも役職があって、偉い順に宮司、禰宜、権禰宜《ごんねぎ》となる。といっても、神社の規模によって人数は違って、この熊野神社では「宮司」と「禰宜」のふたりしかいない。最初に案内してくれた若い神主さんは、まだ見習いの研修生らしい。ちなみに、「神主」というのは神社に仕える神職全般のことだ。

「その子が、電話で言っていた巫女見習いですかね?」

宮司さんがやさしげな笑みを浮かべて、高校生の結衣ちゃんに目を向ける。

「ええ。ご縁がありまして、しばらくうちに来てくれることになったんです」

「ふうむ」

宮司さんは眼鏡《めがね》を指で押し上げて、結衣ちゃんの顔をまじまじと眺めた。

「なかなか、巫女には珍しい格好ですな」

ピアスや赤メッシュのことを言っているのだろう。結衣ちゃんが、髪に手を触れて果敢に聞き返す。

「ダメですか？」

「いやいや、ダメということはない。現代的でよいでしょう」

宮司さんは、にっこり笑ってうなずいた。ほっとひと安心する俺。宮司さんが心の広い方でよかった……。


そのとき、俺は再びほおの辺りにぴりっとした視線を感じた。

——やっぱり、何かいる。

素早く視線を四方にめぐらすと、窓の外を黒い影がよぎった気がした。

「なんだろう……」

「どうかしましたか？」

宮司さんも俺の様子に気づいて、眉《まゆ》をひそめて訊《たず》ねる。

同時に、バタバタと誰《だれ》かが走ってくる足音がして、若い神主さんが焦《あせ》ったように現れた。

「宮司さん。またです！」

「なにっ！　今度は何が⁉」

「急に木の枝が落ちてきて、安産祈願に来たご夫婦に当たりそうになったんです。ご夫婦は不吉だと、かなり不安がられています」

「お客様に怪我《けが》は?」

「大丈夫です。落ちてきた枝は、細いものばかりだったので」

「だが、神社でそんなことがあったなど、噂《うわさ》にでもなったら困るな……」

宮司さんは若い神主にいくつか質問した後、「ちょっと失礼」と言って慌ただしく社務所を出ていった。

「俺も気になるし、見に行ってくる。結衣ちゃんは……」

「私もいく!」

ここで待っているよう言おうとしたが、結衣ちゃんはついていくと言って聞かない。

「まあ、危険なことはないか……」

仕方ないので、俺たちは一緒に行くことにした。

社務所からさほど離れていない場所で、夫婦らしい男女と宮司さんが話している。女性の方はお腹《なか》がまるく出ているのが服の上からもわかって、安産祈願にきたご夫婦らしいと知れる。

「急に空から枝が落ちてきて……」

男の人が、手振りつきで説明している。女性のほうは、腹部に手を添えて、不安そうな面持ちだ。

地面には確かに、バラバラと細い枝が何本か落ちている。

「木の枝が、風で折れたんですかね」

宮司さんが困ったように眉を寄せて、地面の枝を検分している。

「近くには木がないのに？」

男性が不審そうに指摘する。

確かに、ここは拝殿近くの開けた場所で、大きな木があるのはご神木がある境内の一角だけだ。強い風が吹いたとしても枝がここまで飛んでくるとは考えにくい。それに、今日は穏やかなよい天気で、風らしい風も吹いていない。

俺は感覚を研ぎ澄ませて、辺りを見回した。

悪意を持った人ならざるものがいるのかもしれない。さっきから感じる視線も、もしかしたらそれだろうか？　しかし、それらしい影を発見することはできなかった。

「ねえ。結衣ちゃんは何か感じる？」

俺はヒソヒソと、結衣ちゃんにたずねた。ひょっとしたら、彼女なら俺にわからないものを、感じているかもしれないと思ったのだ。だが、彼女もふるふると首を振った。

ああ、こんなときにお白様がいれば。お伺いを立てることができるのに。だがもちろん、よその神社にお白様が来ることはない。

そのとき、再び視線を感じた。

急いでその方向へ目を向けると、拝殿の屋根にとまった二羽のカラスと目が合う。ごくごく普通のカラスに見えるが、奇妙にじっとこちらを見ている。

「あいつらか……？」

俺がじっとカラスを見ていると、二羽は翼をあげて、どこかへ飛び去っていった。

その後もしばらく現場を検証していたが、結局原因はわからず、特に怪我もなかったことから、この件はあまり気にすることもないだろう、という結論になった。

気を取り直して、俺は仕事を手伝うために、持参した袴に着替え、結衣ちゃんは巫女さんに着付けを教えてもらいに、別室へ連れられていった。

宮司さんはご夫婦のご祈禱をし、俺と若い神主さんは結婚式の準備を担当する。

「さっきみたいなこと、よくあるんですか？」

若い神主さんと一緒に、結婚式に使う道具をチェックしたり、儀式に使う部屋を整えたり、作業をしながら俺がたずねると、神主さんは顔を曇らせた。

「以前はこんなことなかったですけど、ここ数日、奇妙なことが立て続けに起こってるんです。変な場所に石が積まれていたり、目を離したすきに、お供えを荒らされたり。でも、原因がわからなくて、宮司さんも困っておられて」

「誰かのいたずらですかね？」

「それも考えたんですけど、怪しい人を目撃した人もいなくて……」

「そうですか……」

そこへ、この神社の巫女さんが部屋に入ってきた。ちなみに、宮司さんの娘さんである。

「お神酒をお持ちしました」

「そこへ置いてください」

この神社の巫女さんの後ろにくっついて、もうひとり、小柄な巫女がお神酒を手に入ってくる。

白い小袖《こそで》に緋袴《ひばかま》をまとった、結衣ちゃんだ。髪は後ろでひとつに結っている。

「おお、結衣ちゃん、似合ってるじゃないか」

「えへへ」

巫女装束を着た結衣ちゃんは、照れながらも誇らしそうにして、先輩巫女さんにあれこれと教えてもらっている。

「結婚式も見学していいって、言ってもらっちゃった」

神社の結婚式を見るのなんて初めて、と結衣ちゃんはほおを染めて目をきらきらさせている。

うん、とりあえず楽しんでくれているようで、ここに連れてきた甲斐《かい》があったってもんだ。

「白無垢《しろむく》の花嫁さんも、もう来てたよ。外で写真を撮ってた」

「準備もできましたし、宮司さんに声をかけてきますか」

若い神主さんが、最後にもう一度式場をチェックしてから、社務所へ宮司さんを呼びにいく。

「俺は、ちょっと境内を見回ってくる。式の最中に何かあったらことだし。結衣ちゃんは、巫女さんと一緒にいてくれ」

俺はやはり、さっきのできごとが気にかかっていた。それに、あのカラスたち。

何かがある気がしてならなかった。

神社の境内には、正装に身をつつんだ新郎新婦の親族たちが集まって、語り合ったり写真を撮ったりしていた。俺はその様子を横目に見ながら、境内の一角にこんもりと緑の茂みを作っているご神木と、その周りの小さな森のほうへ向かった。

カアア、カアア、カアと短く断続的に、カラスの鳴き声が聞こえる。見上げると、少し離れた木の上に、カラスの黒い姿が見えた。どうもこの辺りは、彼らの棲みかになっているらしい。

カラスの様子を気にしつつ、ご神木のほうへ歩いていく。古い木はそれだけ力を宿しているから、もしかしたら何かわかるかもしれないと思ったのだ。太い幹にしめ縄を巻かれた楠《くすのき》が見えてくる。

そのとき、背後からバサバサと重い翼の音が聞こえたかと思うと、俺の頭の横を勢いよく何かが通りすぎ、同時に側頭部に衝撃が走った。

「いてっ」

ぱっと横に飛びのいて、頭を押さえて振り向くと、カラスが空へ舞い上がるのが見えた。鋭い声で威嚇するように鳴いている。

カラスは素早く身をひるがえしてこちらへ戻ってくると、上空から再び襲いかかってくる。

「あぶねーな」

俺が着物の袖《そで》を大きく振ると、カラスはくるりと身をかわして、また舞い上がる。間近でその黒い目と視線が交錯したとき、直感的に強い怒りと不安の念を感じた。

カラスは警戒したように、近くの木の枝にとまると、隙なく俺を見張っている。

「どうも、力を持ったカラスのようだな。古くからこの神社に棲みついているということか……」

それなら、俺の言葉も通じるかもしれない。

自信はなかったが、俺はカラスに語りかけた。ちょうど、いつも自分の神社に棲まう八百万《やおよろず》のものたちに、そうしているように。

「俺は、お前らを害する気はない。ただ、何か問題があるのか、知りたいだけだ」

カラスは小首を傾《かし》げるようにして、俺をじっと見た。たぶん、俺の声を聞いている。よく見れば賢そうな目をしている気がするな。

「なぜそんなに、攻撃してくる？」

カラスは答えない。あるいは、何か伝えようとしているのかもしれないが、俺にはわからなかった。

白水神社から離れたこの場所では、山やお白様のご加護が届かないからか……。

そのとき、ふとカラスが翼をあげた。また攻撃がくるか、と俺は身構えたが、予想に反して、カラスはふわりと地面に降り立つと、大股でご神木の方へ歩いていく。途中で一度、カラスは俺を振り返って、黒い目でこちらを見た。

「ついてこいって、言われてる？」

おそるおそる、俺もご神木の方へ歩いていくと、ご神木を囲う低いロープをまたいで、落ち葉の積もった森の中へ入っていく。

すると、頭上から小さな声でアーアーと頼りない鳴き声が聞こえた。

「……もしかして、巣がある？」

雛を守るために、ピリピリしていたのだろうか。そう思うと、今までの行動にも合点がいった。さらにご神木の根本に近づくと、カラスが鋭く警告するように鳴いて、大股で一か所を右往左往しはじめた。

俺は立ち止まって耳を澄ませた。どうも、地面からも「アーアー」と鳴き声がする気がする。目をこらすと、落ち葉の間に小さな黒い雛鳥がいて、細い翼を必死にパタパタさせている。

「巣から落ちてしまったのか」

俺がそっと近づくと、とたんに親鳥が駆け寄って俺の足をつつきにくる。

「ちょっと待て、大丈夫だから。助けたいだけだ」

俺は直接雛にさわらないよう、着物の袖ですくいあげると、たもとに入れた。見上げて巣の位置を確かめると、ご神木の枝の間に、細い枝を組んだ巣が見える。

「ご神木に登るわけにはいかないが、横の木なら登れそうだな」

俺は袴のすそと着物の袖をからげると、木に登りはじめた。親カラスは俺の意図を理解したのか、巣の側《そば》の枝にとまって、俺のすることを見守っていた。

「ほら、おうちに戻りな」

俺は巣の近くの枝にまたがると、たもとからそっと雛を出して、危なっかしいながら、巣に戻してやった。

ちなみに、降りるときに足を踏み外して、最後はぶざまに尻餅《しりもち》をついたのは、ご愛敬《あいきょう》だ。

「じゃあな。ここに来る人は、お前の子どもに危害を加えないし、これ以上心配するなよ」

俺はカラスにそう言って聞かせた。

相変わらず返事はないが、その黒い目は確かに俺の言葉を聞いていると思った。


「カラスが？」

結婚式が無事に終わった後、俺は事の顚末《てんまつ》をかいつまんで宮司さんに話した。

俺の話を聞いた宮司さんは、眉を曇らせて「なるほど」とうなずいた。

「なにかご存知なんですか？」

「いえ、実は去年、ご神木の枝の一部が伸びすぎて、傷んでいるところもあったため、大幅に枝を切ったんですが、そのときカラスの巣があるのに気づかず、巣ごと落としてしまったんです」

「そのとき、親カラスは？」

「側で鳴いているつがいがいたように思いますが、ただの鳥と思って無視してしまったんです。思えば、気の毒なことをしました」

「それで、今年は攻撃的になっていたのかもですね」

長らくご神木に巣をかけていたカラスなら、普通よりも賢く、力を持ちはじめていたのかもしれない。だから、様々な手をつかって、人間に警告を発していたのだろう。

直接彼らの言葉を聞くことはできなかったから、真偽のほどは定かではないが、彼らに意思と意図があったのは間違いない。

「お白様」

白水神社に帰った後、水盤で泳いでいるお白様をつかまえて、俺はカラス事件を報告した。

『ふむ。カラスはかの神社の神の使いだからな』

「お白様、ご存じなのですか？」

『私はこの土地最古の主ぞ』

お白様はふふんと頭をそらせ、舌をちろちろと出し入れする。

「ただ、この神社の神域を出ると、どうも彼らの声が聞こえないんですよね。俺が色んなやつらと交流できるのは、やっぱりお白様のご加護なんでしょうか」

俺がそう言うと、水の中から首だけ出した白蛇は『今さら気づいたか』と偉そうだ。

『昔のほうが、よい感覚をもっておったな』

「……そうかもしれませんね」

記憶《きおく》は遠いが、子どものころはもっといろんなやつの姿が見え、言葉を交わしていた気がする。

まあ往々にして、疑いを知らない子どもの方が、霊感が強いのだろう。

俺はそんなふうに理解したのだが。

『……山の神の力が、弱まっているか』

お白様がふともらしたつぶやきは、とても気になるものだった。

「え、お白様、具合が悪いんですか⁉」

俺があわててお白様の様子を確かめた。

蛇の白い鱗《うろこ》は水に濡《ぬ》れて、きらきら光っており、色つやもよい。調子が悪そうには見えないけれど……。

『私ではない。お主《ぬし》が精進せよということだ』

珍しくお白様ははぐらかすように言うと、すうっと姿を消してしまった。


「相変わらず、気ままなんだから」

まあ、それもいつものこと。

俺は竹ぼうきをお社の床下から引っ張り出しながら、先ほどのお白様の言葉について考えていた。

「精進せよ、か」

人ならざるものの声なんて、聞こえない方がいい、と昔は思っていたものだが。

「もう少し、修行が必要かな……」

神職についた以上、腹を括《くく》るときなのかもしれないな。

ちょっと真面目《まじめ》に、黙想とかご祈禱の勉強をしようかな。


その数日後、朝起きると玄関の前に、きらきらと光る石がいくつか置いてあった。

「あれ、なにこれ?」

周囲を見回すと、少し離れた木の枝にカラスが二羽止まっていて、俺と目が合うと、頭をひょこひょこ上げ下げして「かあ」と鳴いた。

「お前らが持ってきたのか？」

カラスは光ものを集める習性があるというし……。

そこらのカラスとの違いはよくわからないが、なんとなく直感的に、熊野神社のカラスじゃないかと感じた。賢そうな黒い目に、覚えがある。

その後、熊野神社の宮司さんから電話があって、やはり、社務所の前に光る石がいくつか置かれていたらしい。

それで、俺は確信した。

「あのカラスたちのお礼かな？」

俺は窓際に並べたきらきら光る石眺めて、思わず唇をほころばせた。子ガラスを助けてもらったことを理解していて、礼を言いに来たのかもしれない。

律儀なやつらだ。ちょっと嬉《うれ》しくなるじゃないか。

今度また、子カラスの様子を見に行ってやろうかな。

第六話　鬼飾りと幼馴染《おさななじ》み

カラス事件の後、二日ほど雨が降って、しばらく神社でのご奉仕はお休みになった。

三日目に雨が止《や》んで晴れ間が差したので、俺《おれ》はいつもの作務衣《さむえ》を身に着けて、神社に向かった。

神社の境内《けいだい》にはいくつも水たまりができて、木漏《こも》れ日《び》をうけてきらきら光っていた。お白様が水の神であることも関係あるのかないのか、雨あがりの境内は、明るい力に満ちているようだ。

「雨の恵みは偉大だな……」

日の当たる石の上では、小さなトカゲが日向《ひなた》ぼっこをし、山の花々に集まるのか、ミツバチがぶんぶんと羽音を鳴らしてあちこち飛んでいた。

俺はお社にお参りして、念入りに、恵みをもたらす天と山に感謝を述べておいた。

「さて、掃除をするか」

俺がぐっと伸びをして気合いをいれたとき、すいっと空を横切る小さな影があった。

「あれ、ツバメだ」

ツバメはどこからか飛んできて、拝殿の軒下に消えると、しばらくしてまた、すいっと飛び去っていく。どうやら巣をつくっているみたいだ。

「おお、なんだかよい兆しだ」

ツバメは幸運をもたらすというし、落ち着かない場所や悪い気のこもるところには巣を作らない。巣の下に糞が落ちるのが難ではあるが。今度、糞を受ける木の板を巣の下につけるか……。

拝殿の軒下からツバメの巣を見上げていて、ふと、屋根の裏側の板に、水の染みがあることに気がついた。

「まさか……雨漏《あまも》り？」

屋根が傷んでいるんだろうか。このお社は明治時代に建てられて、何度か補修工事をしながら、今まで続いている。屋根を修理したことがあるかは知らないが……。

俺は屋根の具合を調べようと、拝殿の横に回った。

壁がなく柱と梁《はり》で支えられた拝殿の後ろには、短い廊下のようなものがあって、小さな本殿につながっている。廊下部分は屋根が低くなっているので、簡単にのぼれるのだ。

「失礼しますよ……」

俺は一言断って、はしごを立てかけ、緑青のわいた銅板葺《ぶ》きの屋根にのぼった。

屋根の上には、継ぎ目部分などに落ち葉や枝がつもっていた。長らく手入れされていなかったし、俺も屋根にまでは気が回っていなかったな。

「ここも一回、掃除したほうがいいな……」

落ち葉がつもっていると、雨水が溜《た》まったりしそうだしな。

どこから雨漏りするのかチェックしてみるも、素人目には、屋根の銅板がはがれたりしている様子はなかった。

『うおーい』

そのとき、拝殿の一段高い棟木のほうから、声が聞こえた。俺が顔をあげると、拝殿の屋根の傾斜を、何かが転がり落ちてくる。俺はとっさに、そいつを受け止めた。

ずんぐりとした幼児体型、上半身裸で腰巻きを身につけ、頭には髪の毛の代わりに、もしゃもしゃのつるのような葉が茂って、その間から短い角がのぞいている。

「屋根に鬼……？」

風貌からすると、小鬼のようだが……なんだか見覚えがある気がする。俺は目を細めて、その人ならざるものを見下ろした。小鬼は、俺の腕の中でじたばたしていたが、屋根の上に下ろしてやると、我に返ったようにぴたっと動きを止め、俺を見上げた。

『おや、お前さん、あの泣き虫坊主じゃないか』

小鬼はくりっとした目を回して、俺を指さした。その言葉で、記憶《きおく》がよみがえってきた。

「もしかして……屋根の鬼飾りか」

屋根のてっぺんの三角形の部分を棟木というが、その端っこに「鬼瓦」とか「鬼飾り」と呼ばれる装飾がある。うちの神社の場合、植物を模した「蔓若葉」模様で、屋根や建物を守る「魔除《まよ》け」の役割があるのだが……そこにもまた、人ならざるものが宿っているのだ。何しろ、無名ながらそれなりの歴史がある神社だからな。

『境内をウロウロしとるのは知っとったが、挨拶《あいさつ》にも来んので、他所の人間かと思っとった』

小鬼にじろっと見られて、俺は目をそらす。完全に存在すら忘れていたのだ。何しろ、こいつと話したのは子どものとき以来だから。

『ちょっと見ぬ間に、随分と大きくなったな』

「そりゃまあ、あのころから、二十年近く経《た》っているからな」

『最近は、泣いとらんのか？』

「俺も大人になったんでね……」

そう言いながら、過去のできごとを思い出して、苦笑いする。

小学生のころだったか……俺は何かあるたびに、こっそりお社の屋根にのぼって、ひとり泣いたり、空を眺めたりしていた。こんな森の中の神社のこと。人は滅多に来ないし、実は景色もよいのだ。森の木々の向こうに、田舎の広々とした田園風景と、その向こうの海まで見える。

そんなときには、小鬼が現れて、俺と一緒に日向ぼっこしたり、話しかけてきたりしたものだ。

そうだった。思い出した。

『お前さんは、他の坊主どもにいびられとったものな』

「いびられるとか言うなよ。からかわれていただけだ」

軽いいじめというのか……。今となったら、大したことはないのだが、当時の俺は、大いに悩んでいたものだ。

＊＊＊

昔の俺は、今以上に、あちこちにひそむ人ならざるものの姿が見え、声が聞こえていた。俺はそれを疑問に思うことなく、話しかけたり、戯れたりしていたのだが……普通の友だちには、それが奇妙に映ったのだろう。

最初俺は、必死で説明しようとした。ほら、あそこにいるよ。見えないの？　指さす先、俺にははっきりと、彼らの姿が見えていた。だがもちろん、他の人には見えるはずもなく。誰《だれ》にも信じてもらえなかった。「嘘《うそ》つき」と言われたこともある。

そんなとき、静かな森に囲まれたお社の屋根から広い空を見ていると、心慰められたものだ。こっそり泣いていると、ここにいる鬼飾りの小鬼だとか、ときにはお白様もやってきて、あれこれかまってくれたしな。

そのうちに、「見える」のは普通じゃないと理解して、隠すようになった。近づかなければ、見えても無視すれば、友だちから不思議がられることもない。

中学にあがると、俺はますます、神社から距離を置いた。そのころの俺には、学校の世界がすべてで、他を知らなかったから。

＊＊＊

俺は懐かしくなって、屋根にもたれて空を見上げた。

春の空は少しかすれて、やわらかい光で包まれていた。顔に当たる陽光が心地よくて、まるで温泉につかっているように、体の力が抜ける。

小鬼が俺の横に座って、どかっと胡坐《あぐら》をかき、偉そうに腕を組んで辺りを睥睨《へいげい》する。

『本日も異常なし』

魔除けの鬼らしく、このお社に近づくものを、見張っているのだ。

俺はふと、そいつの腰巻きに目をとめた。木の皮を縫い合わせたような腰巻きなのだが、だいぶボロボロだ。小鬼の身体もあちこち汚れている。俺は目をあげて、屋根の鬼飾りを眺めた。確かに、薄汚れて鳥の糞もついている気がする。

「やっぱり、屋根も手入れしたほうがいいかな……」

雨漏りのこともあるし、一度、業者に点検してもらうか。


さっそく俺は、ネットで調べて、社寺仏閣の屋根を扱えそうな業者さんに連絡をした。

隣の県の業者だが、翌日にはすぐ来てくれて、屋根の点検をしてもらった結果、一部の銅板が浮いていて、そこから雨が漏《も》るのだろうという結論になった。表面が腐食している部分もあるのだとか。

修理の見積もりを依頼するときに、俺はふと、鬼飾りのことを思い出して、聞いてみた。

「あのー、屋根の洗浄ってできますか？」

「できますよ。山の上なので、できることは限られるかもしれませんが」

一応、電気は引かれているし、水もあるので、ある程度は可能とのことだ。

後日、メールで屋根修繕の見積もりをもらって、俺は頭を抱えた。

「安くはないよな……」

山の上にあって、車で近づけない分、人件費がかかるのだとか。貯金を切り崩せば、払えなくはないが……自腹を切るのはさすがに辛《つら》い。

「氏子さんが助けてくれるかな……まずは総代さんに相談か」

総代さんとは、神社の氏子さんたちの代表的な立場の人だ。

ちょうど週末だし家にいるかなと思って電話をすると、今からでも大丈夫というので、俺は私服に着替えて、車で向かうことにした。


春ののどかな田舎道を、軽自動車で進んでいく。

田んぼのあぜ沿いには、黄色い菜の花が咲いていた。

『わーわー、ふっとぶー』

走り出してしばらくしたとき、小さな声が聞こえた気がして、俺はスピードをゆるめた。

「なんだ、誰かいる?」

運転しつつ車内を見回すが、もちろん誰もいない。

「気のせいか」

アクセルを踏んでスピードを上げると、今度ははっきりと声が聞こえた。

『もうムリー』

そこでやっと、フロントガラスの外側にくっついた小さな影に気がついた。風にあおられて、今にも飛ばされそうになりながら、必死で車にしがみついている。

「……トカゲ？」

あわててブレーキを踏んで、路肩に停車する。外に出てフロントガラスを確かめると、しっぽが青くて背に縞《しま》模様のある、小さなトカゲがいた。

「こいつ、神社からついてきたのか？」

全然気づかなかったな。悪いことをした。

「後で戻るから、とりあえず車の中に乗るか？」

俺がそう話しかけて手のひらをトカゲの前に差し出すと、トカゲは『どーも』と言って、警戒心もなく俺の手に乗った。ダッシュボードの上にトカゲをおろすと、再び車を発進させる。

トカゲは日の当たるダッシュボードで、進行方向を眺めながら日向ぼっこをしている。そういえば、神社の境内でこんなふうに日向ぼっこしているトカゲを、ときどき見かける気がするな……。

小さなお供ができて、俺はほっこりとした。


十分ほど車で走って、総代さんの家に着く。

「こんにちはー」

田舎あるあるで、基本鍵《かぎ》のかかっていない玄関の扉を開けて、声をかけると「どうぞ、あがってください」と奥から総代さんが顔を出した。眼鏡《めがね》をかけたきちっとした感じの人で、地元の企業で経理をしている。ちなみに、俺の小学校のときの同級生の父親で、古くからの知り合いでもあった。

奥のリビングに招かれて、ソファを勧められた。前はこの家も、昔ながらの日本家屋なつくりだったのだが、最近リフォームしたらしくて、内装はきれいな今風になっている。ソファの隅には、三毛猫が丸まって寝ていた。

「ミケさん、お邪魔しますよ」

俺が猫に声をかけてソファに座ると、総代さんがあわてて猫を追い払おうとする。

「すみません。こら、ミケ、降りなさい」

「いえ、お気になさらず」

寝ていた三毛猫は顔をあげて俺を見ると、ふわーと大口を開けてあくびをした。かなり年寄りらしく、毛並みはぼさぼさで、顔のあちこちに白髪が目立っている。そっと背中をなでると、ごろごろと喉《のど》を鳴らした。

「このミケちゃん、俺が子どもの頃からいましたよね」

「確か、もう二十歳過ぎですよ」

「すごい長生きですね」

「ミケは今年で二十三歳よ」

後ろから声がして振り返ると、二十代くらいの女性が、湯呑《ゆの》みののったお盆を手に、部屋に入ってきたところだった。ショートボブに眼鏡をかけた顔立ちは、総代さんともどことなく似ている。

俺はまじまじとその人の顔を見て、はっとする。

「……もしかして、希《のぞみ》？」

「翔太《しょうた》くん、久しぶり」

女性はお茶を俺たちの前に置きながら、にこっと笑った。

彼女は小・中学校時代の元同級生で、総代の娘さんだった。大学に進学した後は、ほとんど会う機会もなかったが、面影があってすぐにわかった。

「ずっと地元にいたのか？」

「ううん。最近まで関西のほうにいたけど、戻ってきたの」

「奇遇だな。俺も東京からのUターン組だ」

「神社の後を継いだって、お父さんから聞いたわ」

「そうなんだよ。うっかりとな」

「うっかりって」

希は手を口にあててくすくす笑うと、「ごゆっくり」と言ってリビングを出ていった。俺はその後ろ姿を見送ってから、父親である総代さんの方を向く。

「希さん、こっちに戻ってきてたんですね」

「就職して出てったんですがね。つい先週かな、仕事を辞めたらしく」

総代さんはちょっと困ったように、肩をすくめる。なるほど、俺と似たような感じなのかな。また後で聞いてみよう。

本題に入って、俺と総代さんは、神社の屋根修理費用の話をする。

「年季も入ってますし、そろそろ、修繕は必要でしょうね」

「大規模な葺き替えは必要ないので。雨漏りする箇所の修繕と、洗浄だけです。見積もりをとると、金額はこのくらいで……」

しばらく話し合って、おそらく、氏子さんからの寄付をつのれば、なんとかなるだろうとの結論になった。雨漏りは放っておくと、建物全体が傷む可能性があるので、臨時集会を開いて、すぐに話を進めてくれるそうだ。

よかった。俺も、地元企業を中心に、寄進のお願いをしてまわろうかな……。


用事が終わると、総代さんが「折角だし、娘を呼んできましょう」と席を立った。久しぶりに会ったので、つもる話があるだろうと気をつかってくれたようだ。

お茶を飲みながら、リビングでひとり座って待っていると、服のポケットで何かがもぞもぞと動いた。

「ん、なんだ？」

見れば、ポケットから青色のしっぽがのぞいている。どうやら、トカゲがまたついてきていたらしい。

「なんだお前。ここまでくっついてきたのか」

置いていかれるのが寂《さび》しかったのか？　案外かわいいやつだな。

俺がほっこりしていると、かたわらで何かが素早く動くのが、視界の端に入った。次の瞬間、胸にどんっと衝撃が走る。

「な、なんだ？」

青いものがしゅっと通り抜け、その後を猫が素早く追う。

「ああっ、ミケさんがトカゲを！」

なんと、さっきまで寝ていたはずのミケが、急に覚醒《かくせい》してトカゲを追いかけはじめたのだ。

『ひえー』

『待てこのちび！』

追いかけっこをする彼らの声が聞こえるのは、たぶん幻聴ではない。

「トカゲ、こっちのほうが安全だぞ！」

神社のトカゲを猫に狩られたとなると、後味が悪い。俺は急いでトカゲに呼びかけた。俺の声を聞いて、トカゲはすぐこちらに戻ってきて、素早く服の中に隠れた。三毛猫は俺の真横にちょこんと座り、虎視眈々《こしたんたん》とトカゲを狙《ねら》っている。

『私の獲物を出しなさい』

猫が俺にそう命じた。尻尾《しっぽ》の先が、なんとなく二股になっているのは、目の錯覚だろうか。俺は困惑しながら、ミケさんと対峙《たいじ》した。三毛猫がドスのきいた声でにゃあと鳴く。それが俺には、『獲物を出しなさい』という脅し文句にしか聞こえない。

「えーっと、ミケさん。このトカゲを渡すわけにはいかなくてですね……」

俺がそう対抗すると、三毛猫はシャーっと威嚇した。

『私が見つけた時点で、私のものよ』

なんて横暴な。さっきまではすやすや眠っていて、かわいかったのに……。

『はやく、出しなさいったら』

ミケが猫パンチを繰り出す。トカゲは俺の服の下を素早く移動して、猫の攻撃を避ける。

『やめてー』

トカゲがか細い声で悲鳴をあげる。

俺は急いで策略を巡らせて、三毛猫に提案した。

「ミケさん、こうしよう。取引だ」

三毛猫は俺の顔を探るようにじっと見た。俺もできるだけ平静にその目を見返す。猫がすっと目をそらした。

『聞こうじゃないの』

三毛猫はソファに座ると、前足をそろえてしっぽを巻きつけた。よし、交渉の糸口はつかんだぞ。

「このトカゲは、神社の住人だ。残念ながら渡せない。その代わり」

俺は指をぴっと立てた。

「今度、猫おやつを持ってこよう」

『……何のおやつかしら』

きらっと光る。

ペースト状のおやつがスティック袋に入ったあれだ。三毛猫の耳がぴくっと動いた。黄色い目が

「猫ちゅーる四本はどうだ」

『……カニ味とまぐろ味がいいわ』

「わかった。二種類もってくる」

カニとまぐろ……なかなか舌の肥えた猫だなと思いつつ、俺はその条件を飲んだ。ミケさんは葛藤するように、俺がかくまっているトカゲを目で追っていたが、やがてふわーっとあくびをした。

『……ふん。そのチビは見逃してあげる』

交渉成立。俺はふうっと息をついた。張りつめていた空気がゆるみ、トカゲがほっとしたように

『いのち、からがら〜』とつぶやいている。

「音がしたけど、どうしたの？」

幼馴染みの希が、ひょいとリビングに顔を出した。三毛猫が俺の側《そば》に座っているのを見て、「あら」と声をあげる。

「ミケが懐くなんて珍しいわね。年をとったのか、人には無関心で、いつも寝てばかりなんだけど」

「懐いていると言うのかどうか……」

さっきまで恐喝されてたんですけどね。

希は俺のはす向かいの椅子《いす》に座った。ミケさんがすぐさま起き上がって、希の膝《ひざ》に乗って丸くなる。

ミケさんは希に対しては甘えん坊なのだな。この二面性よ。さすが猫。

「翔太くんって、昔からいろんな生き物に好かれていたよね」

希がくすくすと笑ってそう指摘した。

「まあ、そうだったかもな」

生き物どころか、変なやつらにも好かれていたし。

「よく虫とかお花に話しかけていたじゃない」

「あー、まあ……よく覚えているな」

木の精霊と話したりして、友だちにびっくりされていたからな……。希は三毛猫をなでながら、懐かしむように目元をゆるめた。

「クラスの男の子たちには、からかわれていたよね」

「嫌な思い出だな」

本当のことを言っても変な目で見られるし、幼いながら少々傷ついていたものだ。

「私はこっそり、羨《うらや》ましかったのよ」

「羨ましい？」

意外なことを言われて、俺は目を瞬かせた。

「私、子どものころ、動物とお話しできたらって、いつも思ってたもの。翔太くんは、それが自然とできているように見えたから」

動物とお話しできる、というのとはちょっと違うんだけど。希って案外、メルヘンなんだな。でもそうか、そんなふうに思っている人もいたのか。それは、二十年近く経った今になって、新たな発見だった。

「だがまあ、客観的に見て、だいぶおかしな子どもだったよな」

少なくとも、自分の特性を理解していなかった。今となっては、色々と諦《あきら》めもつき、「見える」体質は受け入れて、そつなく対処できるようになったが。大人になったってことだ。

この話は、あまり突っ込まれると面倒なので、俺は適当に話題を変えた。

「その三毛猫、年のわりに元気だよな」

少なくとも、トカゲを追い回すくらいには。

「そうね。この子、私が子どもの頃に拾ったんだけど、こんなに長生きするとは思わなかった」

希がミケの背をなでると、ミケは喉《のど》をごろごろ鳴らした。

「猫って長生きすると、化け猫になるって言うじゃない。この子も実はそうなのかなって、思っているのよ」

「ありうるな」

というか、おっしゃる通りですよ。ミケさんのしっぽが、二股になりつつありますから。ということはさすがに言えないので、黙っておく。ミケさんが希に対して甘えん坊なのは、拾われた恩義を感じているからか。

しかし、ショートボブの眼鏡女性と三毛猫って組み合わせが、なんだか絵になるな……。俺がこっそり内心で、そんなことを考えていると、

『希にいやらしい目を向けないで』

ぴしゃりと猫に言われた。い、いやらしい目なんか向けてないさ。ただちょっと、景観的によいなと思っただけで……。

俺と猫の間のぴりっとした空気はつゆ知らず、希がしみじみとした口調で話を続けた。

「でも、翔太くんも地元に戻ってきてたの、意外だったな」

「そうか？　まあ、俺もその予定はなかったからな……」

と言いつつ、大学生のときに神職の資格をとったのは、どこかで親父《おやじ》の後を継ぐことになると、感じていたからかもしれない。こんなに早いとは思っていなかったが。

「東京でバリバリ働いているんだと、思っていた」

「新卒で入ったのが、まあまあなブラック企業だったからさ。俺も色々、考えさせられたんだよ」

「そうなんだ。人生何があるか、わからないよね」

希がなんだか疲れたような口調でそう言った。その表情が気になって、俺は思わずたずねた。

「そういう希は、どうして実家に戻ってきたんだ？」

「ちょっとね。体調を崩しちゃって」

「えっ、病気？」

「んー、元気は元気なんだけど」

希はちらりとリビングの扉へ目をやった。どうやら、ここではあまり言いたくないらしいので、それ以上は突っ込まないことにした。

「また今度、神社にもお参りに来てくれよ」

「うん、行くわ」

最後にそんな言葉を交わして、俺は総代さんの家を辞した。


その翌日、俺は久しぶりに、シャツとジャケットを戸棚から引っ張り出して袖《そで》を通した。前に働いていた会社を退職して以来だから、一か月以上ぶりだ。前はほとんど毎日着ていたのに、改めて身につけると、どうにも窮屈で仕方ない。今では、袴《はかま》や作務衣のほうが落ち着くのだから、結局のところ大概のことは慣れなんだと思う。

「さて、行くか」

俺は鏡の前でジャケットの襟《えり》を整えると、車のキーをとって家を出る。

「しかし、うまくいくのかな……」

一抹の不安が頭を離れないが、とにかくやるしかないと、俺は気合いを入れて車のハンドルを握った。

今日もまた、畑と田んぼが広がる田舎道を走る。水田は耕されて黒い土を日にさらし、畑には作物の苗が育ちはじめていて、緑が伸びはじめる季節だ。

晴れた日中は汗ばむくらいの陽気だった。

走りはじめてしばらくして、小さな声が聞こえた。

『わーわー、ふっとぶー』

「ん？　デジャブか？」

昨日も同じような声が聞こえたような……俺はスピードをゆるめて、車内を見回した。フロントガラスに、見覚えのある影。

「おいおい、お前、またついてきたのかよ」

しっぽの青いトカゲが、またもやフロントガラスで、風に飛ばされそうになっている。俺はすぐ車を降りてトカゲをすくいあげて、車内に入れてやった。

『たすかったー』

トカゲは安堵《あんど》したようにつぶやくと、日の当たるダッシュボードに移動して、昨日と同じように、日向ぼっこをはじめる。

『ごくらく、ごくらく』

気持ちよさそうに目を細めるトカゲ。

「こいつも、よくわからないよな……」

なんでいちいち、ついてくるんだろうか？　まあ、ほっこりするからいいか。

トカゲをお供に車を走らせながら、俺は町の景色を見るともなく眺めた。

子ども時代を過ごした町だが、約十年経って戻ってくると、やはりところどころの風景が変わっている。地元にUターンしてきて、早くも一か月が過ぎたが、その間に気づいたことは色々とあった。

例えば、小学生のときに、通学路の途中にあった駄菓子屋さんがなくなっていたこと。駅前の小さな商店街に、いつでもシャッターの閉まっている店舗が増えたこと。コンビニができたこと。知っているおじさんの家が、空き家になっていること……。

春になっても耕される気配もなく、雑草の覆《おお》い茂った畑や田んぼもちらほらと目につく。

それでもこの町はまだ、大きめの都市へのアクセスが悪くはないから、マシな方なんだと思う。

もっと山奥の小さな町や村になると、人がどんどん減っているんだろう。

「世知辛い世の中だよな……うちみたいな零細神社なんて、ほんと経営は無理ゲーだよなあ」

他の小さい神社の神主さんたちは、どうしているんだろうか。やはり、大きい神社が世話をしていることが多いんだろうか。


そんなことを考えていると、最初の目的地の建物が見えてくる。

平屋で屋根の高い、倉庫のような外観の建物だ。低い塀で囲まれた敷地内には、軽トラや古びたミニバンが停《と》まっている。社屋の灰色の壁には、一文字ずつが白い四角い板に書いてあるタイプの看板があって、「山田工務店」とあった。

「こんにちはー」

俺は事務所入り口の引き戸をそっと引き開けると、おそるおそる挨拶した。入り口の横にはカウンターがあり、その奥にはデスクが四つほどくっついた事務エリアがあって、四十過ぎくらいの女性がひとりと、作業服を着た男性がふたりほど、パソコンに向かっている。

カウンターの上には家のリフォームの案内があった。

「いらっしゃいませ」

女性が立ち上がって、カウンターまでやってきた。

「えっと、あの……」

俺は用件を切り出そうとしてためらう。実のところ、知らない人と話すのはそれほど得意ではないのだ。何しろ、俺は基本、オフィスに引きこもっているITエンジニアだったから。

女性が怪訝《けげん》そうな顔をしている。やばい、怪しまれている。俺は緊張しつつも、思い切って口を開いた。

「あの、私は白水神社《はくすいじんじゃ》を新しくお世話させていただくことになった、山宮《やまみや》と申します。いつもお世話になっております」

工務店は、地鎮祭なんかを依頼してくれる、神社にとってはお得意様のひとつだ。

女性は「ああ」と眉《まゆ》を開いて、デスクでパソコンの前に座っている男性のひとりを呼ぶ。強面《こわおもて》で上背があり、棟梁《とうりょう》みたいな風情の男だ。俺は若干ビビりながらも、挨拶を繰り返す。強面の男はにこりともせず、不愛想に言った。

「前の宮司《ぐうじ》さんは、引退されたんで?」

「ええ、父は最近、体調がすぐれないため、息子の私が後を継がせていただきました」

「そうですか。これからも、ご祈禱《きとう》をお願いすると思うんで、よろしくお願いしますわ」

それで話は終わり、という雰囲気になってしまいそうだったところを、俺はあわてて本題を切り出した。

「あの、実はお願いがありまして……」

男は片眉をくいっとあげた。

「お願いとは?」

「神社の屋根の修復が必要になりまして、それにあたって、ご寄進をお願いしたく……」

総代さんが、氏子さんたちから集金してくれるとは言っていたものの、このご時世、あまりみなさんに負担をかけるのも申し訳ないな……と思って、俺はダメ元で、地元企業にも寄付をお願いして回ることにしたのだ。いわば、営業活動である。零細神社は辛い。まあ、就任の挨拶もかねているし、いいかなと思ったのだ。

「そうですか。ですが、うちもあまり余裕はなくてですね……」

強面の男は困ったように、断る気配を出してきた。

くっ。不景気な世の中、そう簡単にはいかないか……。俺が肩を落としかけたとき。服のポケットで何かがもぞもぞと動いて、トカゲの青いしっぽがちらっと見えた。

すると、後ろのデスクにいたもうひとりの若い男が、急に大声で叫び出した。

「ちくしょー、やっぱりうまくいかない!」

そして、いきなりパソコンのモニターをばんと叩《たた》いたものだから、俺も強面の男もびくりとする。

「おい、お客さんがいらしてるんだぞ」

「あ、すみません。でも、全然うまくいかなくて……」

どうも、パソコン関係のことでお困りのようだ。そこで俺はぴんときて、男にたずねかけた。

「どうされたんですか?」

「いえ、ちょっと会社のホームページをいじっていたんですが、ページがうまく表示されなくなってしまって……」

うちで一番若いからって、仕事を押し付けられて、と若い男がブツブツ言っている。おお、俺の得意分野ではないか!

「あの、私が見ましょうか? こう見えて、システムエンジニアなんですよ」

神主になる前は、東京でエンジニアやってました、と説明すると、強面の男も、パソコンの前で泣きそうな顔をしていた男も、「本当ですか!」と声をあげた。

「それは、助かります。うちはパソコンの苦手なやつが多くてですね。社長命令でホームページを新しくしたはいいものの、うまく扱えなくて……」

予算をケチって、自分たちでやろうとしたが、うまくいっていないらしい。


その三十分後。

「おお、ちゃんと表示された!」

「よかった、俺じゃどうやってもできなかったのに! さすがプロ!」

ウェブサイトの不具合を修正して、ついでに更新手順を説明する簡単な説明書も作ったら、工務店の人たちにむちゃくちゃ感謝されてしまった。

「ありがとうございます!」

「フリーでエンジニアの仕事も受けていますので、ご依頼いただければ、もう少し使いやすい感じにもできますよ」

さりげなく、副業のほうの営業もしておく。

「さっきの寄付の話だがな、社長に話しておきますよ」

強面の男がさっきとはうって変わって、親切にそう申し出てくれた。

「本当ですか、ありがとうございます」

なんだかよくわからないが、最初の目的まで達成されてしまった。

うん。ラッキーだ。俺はほくほくして「山田工務店」を後にした。


車に乗り込むと、トカゲがちょろちょろとポケットから出てきて、定位置になりつつあるダッシュボードの上に陣取る。

『よかったねー』

まるで、先ほどのやりとりを理解していたかのように、俺にねぎらいの言葉をかけてきた。

「おかげさまでな」

次の営業先は、車屋だった。洗車に車検や修理、ちょっとしたカスタムまで請け負っているところ。

トカゲは当然のように、ポケットにもぐりこんでくる。

ここの親父は、黒髪をオールバックにして、ぱかぱか煙草《たばこ》を吸うちょっと怖い見た目の人で、俺は少しばかり苦手だった。だけど、うちの神社で車のお祓《はら》いをすることもあるから、もしかしたら寄付してくれるかもしれないと期待している。

「あの〜」

俺はおそるおそる、ガラス張りの事務所の扉を開いて声をかける。事務所の壁際には、細々とした車用品やエンジンオイルの見本などが置かれた棚があり、奥に接客用のテーブルが置かれている。ちょうど、俺の苦手な車屋の親父がいて、「いらっしゃい」とドスのきいた声で出迎えてくれる。紺色のつなぎには黒い油汚れがついていて、いかにも車の整備をする人の格好だ。

「白水神社の神主をやっています、山宮です」

お決まりで自己紹介をして、屋根修繕のためのご寄進について説明をする。

車屋の親父は眉間にしわを寄せて話を聞いていたが、説明が終わると、いきなりあっさりと「わかった」とうなずいたものだから、俺は拍子抜けしてしまった。

「あ、ありがとうございます」

俺は頭を下げて、車屋を辞した。


「気持ち悪いくらい、とんとん拍子に進むな……」

『よかったねー』

トカゲがのんびりとした口調で、またねぎらってくる。

俺はふと疑問に思って、トカゲをじっと見つめた。この幸運、もしかして、こいつのおかげなのではないか？　実は、ものすごく神聖で特別なトカゲとか……。

だけど、つやつやした背中の黒い縞模様も、青いしっぽも、どう見ても普通のトカゲだ。それに、か細い声や幼い口調は、力のあまりない典型的な「小さきもの」の声だった。

「なあ、お前、何者?」

俺はトカゲにたずねた。

『なにがー?』

トカゲはのんびりした口調でそう言った。

「お前、実はすごい神様なのか?」

『なにそれ?』

俺が質問をしても、トカゲはあまり理解してないようで、要領を得なかった。

その後さらに二社、地元企業を回ったが、どちらもポンポンと話が進んで、俺はいっそ、騙《だま》されているのではないかと疑ったほどだ。

休憩がてら、駅前のコンビニでコーヒーを買って、車の中で飲みながら、ダッシュボードの上でくつろいでいるトカゲを、まじまじと眺めた。

「なあ、お前もしかして、幸運の神様か?」

『えー?』

俺の問いかけに、トカゲは相変わらず、気の抜けた返事をするばかり。なんだかよくわからないままに、俺は営業を終えて帰路についた。

まあ、終わりよければすべてよし、かな。

田舎道をドライブして、鳥居の側にある家に着くと、トカゲは『じゃーね』と言って森の藪《やぶ》の中へ隠れていった。俺はすっかり同志のようになった青いしっぽを見送った。


『うおーい、侵略者じゃー』

鬼飾りの小鬼が、お社の棟木の上に仁王立ちになって、俺たちを見下ろしている。

作務衣姿の俺の後ろには、新しい銅板や工具を背負ったガテン系のおじさんがふたり。

「違うって。修理しにきてくれた業者さんだよ」

『むむ？　修理とな』

「雨漏りしていただろ」

『確かに、そこの留め具がゆるんどる』

「ちょいと屋根にのぼるけど、手は出さないでくれよ」

『むむ。承知した』

俺はこそこそと小鬼に言い聞かせてから、業者さんに「お願いします」と頭をさげる。

お白様に対しては、昨日きちんと説明と作業安全のためご祈願をしておいた。お白様はいつも通りとぐろを巻いて、『よきに計らえ』とのお言葉。

業者さんは慣れたもので、屋根に上ると、事前検査で見つかった劣化していた箇所を修理していく。

俺がその様子を見守っていると、二羽のツバメがチイチイ鳴きながら飛び回りはじめた。巣をつくっていたら、急に騒がしくなってびっくりしたのかもしれない。

「ごめんな。すぐに終わるから」

俺はツバメたちを安心させようと、声をかけておいた。ツバメは理解したのかどうか、しだれ桜の枝にとまって、チイチイ鳴いている。

『ここもじゃ、見落とすなかれ！』

小鬼が屋根の上で、業者さんにうるさく口出ししていた。もちろん業者さんには見えていないし聞こえていない。棟木の上を走り回る小鬼の姿が滑稽で、俺は地上から見上げながら、くすりと笑ってしまった。

屋根の修繕が終わると、次は水で洗浄していく。井戸水を組み上げるポンプにホースをつないで、水を流しながら簡単にブラシでこするだけだが、それでもたまった落ち葉や砂ぼこりが洗い流されて、きれいになっていく。

『うおー、冷たいではないかー』

鬼飾りもごしごしと洗われて、小鬼はわーわー大騒ぎしている。

「あいつ、うるさいな……」

俺が呆《あき》れ半分、笑い半分で小鬼が棟木の上でジタバタしているのを見上げていると、後ろから声をかけられた。

「翔太くん、お疲れさま」

振り返ると、希が参道の階段をあがってきたところだった。

「あれ、どうしたんだ？」

「父は仕事だから、代わりに見にきたの。これ、差し入れね」

飲み物とお菓子の入った紙袋を渡してくれる。そうか、今日は平日だから、総代さんは普通に仕事なんだな。希は仕事を辞めたところだから、昼も空いているということか。

「サンキュ。悪いな。作業が終わったら、業者さんに食べてもらうよ」

「無事に終わりそう？」

希は物珍しそうに、屋根を水洗いしている業者さんを見上げている。

「ああ。屋根の修理は終わって、今は洗浄してもらっているところだ」

「きれいになって、よかったね。最近ね、高校生の間で、この神社がちょっと有名になっているらしいよ」

「マジか」

参拝者は相変わらず少なくて、有名になっている実感はないが。

「SNSの写真が『ばえる』って噂《うわさ》なんだって」

「なるほど」

がんばってSNSを更新した甲斐《かい》があったってものだ。巫女《みこ》見習いの結衣《ゆい》ちゃんや、階段ダッシュの永井《ながい》少年が宣伝してくれているのかな。

「お参りしていきたかったけど……今は無理かな」

「たぶん、もうすぐ終わるから、時間あるなら待っててもいいぞ。といっても、社務所もないんだけどな」

やっぱり、休憩用のベンチくらいは設置するべきか。今は本当に、何もないからな……。しだれ桜の下の石に座ってもらうか、拝殿の段差に座ってもらうしかない。

希は、境内を見て回るといって、ぶらぶらとその辺りを散歩しはじめた。俺は、拝殿の前に立って、引き続き作業を見守る。

『見慣れぬ女子だな』

拝殿の柱を、するすると白蛇が降りてきた。予期していなかった俺はぎょっとする。どうやら、屋根の上に小鬼と一緒にいて、水浴びを堪能していたようだ。白い鱗《うろこ》がきらきらと光っている。

『住処《すみか》が清められるのも、悪くない』

白蛇は、いつも通り肩の上に移動すると、ご満悦そうにとぐろを巻く。お白様は、案外きれい好きなんだよな。

『いつもの巫女ではないのだな』

お白様は、少し離れたところを歩いている希の方を見やって、舌をちろちろと出し入れした。

「あの子は、ただの友だちだよ」

『ふうむ。おぬしにも、友だちがいたのだな』

「うっ。否定できないのがつらい」

『おぬしが小さいころは、よくひとりで泣いておった』

「お白様も、そんなことを覚えているんですね……」

これだから、小鬼といい、お白様といい、俺の幼少時代を知っている彼らと話していると、ときどき気まずいのだ。

『森の小さきものを追いかけて、道に迷ったこともあったな』

「そ、そんなこともありましたっけ……」

二十年近く前のことだから、正直あまり覚えていないが、やんちゃしていたんだな、俺……。


「翔太くん、相変わらずひとりごとが多いのね」

知らない間に、希が近くに戻ってきていた。

こそこそお白様と話していた俺は、ぎくりとして口をつぐむ。

「また何かとお話ししていたの？」

「やめろよ、子どものときの話だろ」

「だって、翔太くんは、私たちには見えていないものが、見えているみたいなんだもの」

希はまるでなんの含意もないように、そう言った。俺はどきっとして、目を泳がせる。さすが幼馴染み、俺のふるまいから察することもあるんだな。もちろん、比喩みたいなもので、本当に「見えている」とは思ってないかもしれないが……。


「終わりましたよー」

屋根から降りてきた業者さんが、道具を片付けながら、俺に声をかけた。

仕上がりの確認に、業者さんと一緒に屋根が見える場所までいって、修理箇所の説明を受けた。

棟木の上では、小鬼が仁王立ちになって、俺たちを見下ろしている。

『こざっぱりしたわい』

遠目にも、小鬼の腰巻がきれいになって、磨かれた肌もつやつやし、陽光を反射している。自分の汚れには無頓着そうだったけれど、洗われるとすっきりしたのか、満足そうだ。

「ありがとうございました」

俺は業者さんに、何度も礼を言った。迅速に対応してもらえて、本当に助かった。業者さんたちは、希の差し入れを食べて少し休憩した後、手早く片付けをして帰っていった。


「やれやれ、終わった」

自分で何をしたわけでもないけれど、ひと仕事終えた気持ちで、俺はほっとしていた。

「お疲れさま」

希がそんな俺を見て、ねぎらいの言葉をかけてくれる。

「待たせて悪かったな。お参りしていってもらっていいぞ」

「ありがとう。そうさせてもらうね」

希は拝殿に向かうと、鈴を鳴らして、手を合わせた。

その後ろ姿を、俺《おれ》は不思議な気持ちで眺めた。子どものころには、二十年経《た》ったときに、自分たちがこんなふうに言葉を交わすなんて、想像もしていなかったから。

お参りを終えた希は、俺のところに戻ってくると、何を思ったのかまじまじと作務衣姿の俺を見上げて、唇をほころばせた。

「なんだか、不思議ね。大人になって、またこんなふうに話すことがあるなんて」

先ほど俺が思っていた言葉がそのまま希の口から出てきて、どきりとする。

「翔太くんって、今はもう神主さんなのよね」

「一応な」

「あの……ちょっと相談したいことがあるんだけど……」

希はそう言いかけて、迷うように目を泳がせた。

「相談？　俺なんかでよければ聞くぞ」

「……ううん。また今度にするね。今はお仕事中だものね」

「そうか？　まあ、いつでも好きなときに声をかけてくれよ。お祓いくらいはするぞ？」

最後は冗談めかして言うと、希もくすりと笑った。

「じゃあ、またね」

「こちらこそ、差し入れありがとうな」

希は小さく手を振ると、鳥居をくぐって参道の階段を下っていった。

俺はその後ろ姿を見送りながら、ガシガシと頭をかいた。

「しかし、昔馴染みというのも、厄介なものだな」

話していると、どうしても昔のことが思い出される。

その中には当然、苦い記憶も含まれている。

俺は落ち着かない気持ちをまぎらわせたくて、ほうきを手に取ると、境内の掃除を始めた。

　うちの神社がある山は、白水山といって、きれいな水が湧《わ》き出《で》る場所として、古くから尊ばれてきたという。昔は山の奥深くの水源近くに、山の神と水の神を祀《まつ》る祠《ほこら》があったらしいが、いつしか人里近くの今の場所にお社が建てられて、白水神社《はくすいじんじゃ》になったそうな。

　今でも神社の背後には深い山と森が控えている。ちなみに登山ルートもいくつかあって、山頂の展望台からは町と海が見晴るかせた。俺は、小学生のときに何かの行事で登らされて以来、足を踏み入れていないけれど。

＊＊＊

「あれ、おかしいな……道に迷った？」

　俺はつぶやいて、足を止めた。

「え、神主さん、まさか迷ったの？」

　後ろを歩いていた結衣《ゆい》ちゃんが、不安げにたずねる。

四方を見回すと、ひたすら細長い竹が連なる竹林が広がっている。

どちらを向いてもあまりに景色が似ていて、完全に方角を見失っていた。複雑な起伏の地形になっているせいで、どちらが山の麓で、どちらが頂上なのかすらも見当がつかない。電波が悪いのか、頼みの綱のスマホの地図アプリもうまく働かなかった。

「まずいな、タケノコにつられて迂闊《うかつ》に入り込んだのが、まずかったか」

俺は紺色の作務衣《さむえ》姿に、手には柄の長い鍬《くわ》という出で立ち。背中のリュックには掘りたてのタケノコがずっしりと入っている。

「昔は、毎年ばあさんがタケノコを掘ってきてたから、簡単なんだと思ってた……」

神社の裏から伸びる細い山道があって、五分ほど歩くと竹林に出ることは、俺も昔から知っていた。神社で使う竹もここから切り出していた。

しかし、まさか奥がこんなに広くなっているとは、思いもしなかったのだ。


事の発端は、テレビの朝のニュースで「旬の食べ物」としてタケノコご飯が紹介されていたからだ。

何を隠そう、俺はタケノコが好物。なんというか、子どものころの思い出の味なのだ。

春のこの季節になると、婆《ばあ》さんが掘ってきた新鮮なタケノコを、天ぷらにしたり、炊き込みご飯にしたりしてくれて、俺はそれが好きだった。

大人になった今。せっかく田舎暮らしをしているのだから、スローライフを楽しまなければと、いっちょタケノコ掘りに繰り出すことにした。その計画を、掃除中にうっかり結衣ちゃんに言ったところ、「私も行く！」と聞かなかったので、朝から一緒に山に入ったのだが。

神社近くの竹林では、すでに誰《だれ》かが掘った後なのかタケノコが見つからなくて、地面ばかり見てタケノコを探し歩いているうちに、すっかり道に迷ってしまったのだ。

「いや、それとも、何かに惑わされているのか？」

幻覚を見せられて、同じところをぐるぐる歩いているとか。それもありうるから怖い……。

竹林の中は、地面が竹の枯れ葉で覆《おお》いつくされていて、歩くとカサコソと音を立てる。それがまた、何かの生き物の気配みたいで落ち着かない。


『あんさん、何してんの？』

突然、真横から声が聞こえて、俺はびくりとする。視線を横にやると、しなやかな体つきの背の高い男がこちらを見ていた。手足も長くて、見事な八頭身である。

俺の反応を見て、結衣ちゃんもびくっとして「何かいるの？」と俺の背中に隠れる。

「ええっと、道に迷っておりまして」

『ふん。むやみと俺の息子を切り取るからやな』

その一言で、こいつが竹なのだとわかる。

しかしその表現、男としてはちょっと穏やかではないな。実際タケノコはこいつの子どもなんだろうけど……。

「誘惑にかられまして……二、三本ですので、お見逃しいただけますと、ありがたく……」

俺は両手を合わせて、拝む仕草をした。

『最近は、数が減っとるんや』

「そうなのか？　道理でなかなか、見つからないと思った……」

『山の力が衰えとる』

竹男は気になることを言った。

「それはどういうことだ？」

俺が聞き返すと、竹男はジトっとした目で俺を見た。

『……あんさん、なんも知らんのやな』

「なんか、すみません」

『まあ、二、三本なら構わへんがな』

それならそうと、初めから言ってくれよ。心配になったじゃないか。

しかしなんでこいつ、関西弁なんだ？　いや、あんまり構うのは止めておこう。竹林のただ中にいるということは、こいつの掌中にいるようなもので、分が悪い。

「そろそろ、帰りますので。失礼します」

俺は竹を無視して歩き出した。引き留められるかと思ったが、予想がはずれて、竹は何も言ってこない。途中で振り返って確認すると、元の場所で突っ立って、俺を眺めていた。

「ねえ、さっきは何かいたの？」

ずっと気になっていたのか、結衣ちゃんが俺に訊《たず》ねてくる。

「竹だよ。この竹林、けっこう古いから……」

「竹ともお話しできるの？　すごい！」

「まあね」

「いいな、私もお話ししたいな」

「話せてもいいことないさ。変な関西弁の兄ちゃんだったよ」

そんな他愛もない話をしながら歩いていて——俺はふと奇妙なことに気づいた。

おかしい。けっこう歩いたが、相変わらず景色がほとんど変わらない。

ときどき、竹以外の木が生えているのに出くわすので、一応前に進んでいることはわかる。しかし、自分がどちらへ向かっているのか把握できないから、まったく意味がない。


『あんさん、どこ行くんや？』

耳覚えのある声がして、俺はぴたりと足を止めた。

今度は俺の斜め前で、またあの竹の男が立っている。どういうことだ？　確かにさっきは、後ろに置いてきたのに。大急ぎで回り込んできたのか？

「……なんで関西弁なんだ？」

どこから突っ込めばいいのか迷って、一番どうでもいいことを聞いてしまった。竹の男はなぜか誇らしげに腕を組んで、鼻を鳴らした。

『それは、俺が関西生まれやからや！　はるばる、京都の山からここまで連れてこられたんや！』

「へえ～」

それは知らなかった。この土地の生まれじゃないんだな。京都には有名な竹林があるし、その辺から苗を持ってきたのかな。

「というか、そんなことはどうでもよくて。神社へ戻る道をご存知ではないですかね？」

『知ってるに決まってるやろ。この竹林はすべて俺であり、俺はこの竹林なんやから』

竹男はなんだか厨二的なことを、自慢げに言う。

「あの、それだったら、道を教えていただけないでしょうか」

俺は下手に出て丁重にお願いしたが、竹の男はふんと鼻を鳴らして、俺の顔をじろっとにらんだ。

『思い出したが、あんさん、そこの神社の坊主やな』

「ええ、この春からお勤めしております」

『山の神には、ご挨拶《あいさつ》に行かへんのか？』

竹男に問いかけられて、俺は首を傾《かし》げた。山の神ってなんのことだ？

「お社には毎朝ご挨拶してますよ」

とりあえず、そう返事してみたのだが。

ざわっと冷たい風が吹いて、地面に降り積もった竹の枯れ葉が舞い上がった。

「神主さん、変な感じがするよっ」

結衣ちゃんも不穏な気配を感じ取ったのだろう。俺の服の袖《そで》を引っ張った。

見れば、竹が目を細めてこの上なく冷たい目で、俺をにらんでいる。

やばい、なぜか知らないが、怒らせたみたいだ……！

「す、すみません。悪気はないんです。どうか、帰り道を教えてもらえたら、すぐに退散しますんで……」

へこへこと頭をさげて懇願するも、竹男にばっさりと切り捨てられた。

『俺の敬愛する山の神との約束を、蔑《ないがし》ろにするヤツの頼みなんて、知らんな』

「山の神……？」

竹の言葉がうまく飲み込めなくて、俺はぽかんとする。蔑ろにした？　なんの話だろうか。というか、さっきから「山の神」って、誰なんだよ。

竹の男は腕組みをして、バカにしたようにふんと鼻を鳴らす。

『覚えてもおらへんか』

俺は背筋にひやりとしたものを感じる。まずい。もしかしたら、とても大事なことなのかもしれない。

「それはお白様のことか？」

うちの神様といえば、白蛇のお白様だ。確かに、ちょっと雑に扱っているというか、蔑ろにしていると言われれば、否定もできないような……俺が自信なくたずねると、竹の男は肩をすくめた。

『白蛇は水の神。そんなことも知らへんのか？』

「す、すみません」

俺はたらたらと冷や汗をかきはじめた。

お白様とは別に、「山の神」というものがいるのだろうか？　だが、そんな話は一度も聞いたことがなかった。白水神社のご祭神《さいじん》は、山の清き水を守る白蛇のお白様と、後代にお招きした弁財天。それが、子どものころから教えられてきたことである。


「いったい、どういうことだ？」

俺は竹に問いかけたが、竹は答えることなく背を向けた。

『この竹林の中をさまよい歩いて、山の恐ろしさを知ることやな』

竹はそう言い捨てて、すうっと姿を消した。だが、見張られている気配は残っているから、この無数の竹のどこかにまぎれているのだろう。


「神主さん、大丈夫そう……？」

竹男が去ったことで、緊張感が和らいだのを感じたのだろう、結衣ちゃんが声をひそめてたずねてくる。

「とりあえず、行こうか」

ここで突っ立っていても仕方ない。気を取り直して、とにかく前に進むことにした。まずは、この忌々しい竹林を抜け出さないと。

「ねえ、結衣ちゃん。山の神って聞いたことある？」

歩きながら、俺はダメ元で結衣ちゃんにたずねてみた。俺は地元を離れて長いが、ずっとここに暮らす結衣ちゃんなら、何か聞いたことがあるかもと思ったのだ。

「山の神様？　お白様じゃなくって？」

「違うみたいなんだよ」

「うーん。どこかで聞いたことがあるような……」

「えっ、どこで？」

予想外の答えに、俺は身を乗り出してたずねる。

「どこだったかな……」

結衣ちゃんは指を口元にあてて考えていたが、思い出せないようだった。


そんな話をしていると。

急にパラパラと頭上から音がしてきて、鼻先に冷たいものが当たった。

「げっ、雨⁉」

雨宿りをする場所を探すが、大きい木のない竹林の中、雨をさえぎる梢《こずえ》もなく、俺たちはあっという間にびしょ濡《ぬ》れになった。

気温も下がったのか寒くなってきて、身を縮めながらぶるぶる震える。

「やばい、山を舐《な》めていた……」

これが山の神の祟りか……俺が何をしたっていうんだ。

毎日真面目《まじめ》に、奉職しているというのに……。


幸い、ほどなく雨は止《や》んだが、今度は風が吹いてきて、猛烈に寒い。

帰り道は相変わらず見つからない。俺たちは完全なる遭難者になっていた。

「結衣ちゃん、寒いだろうしこれを着て」

とりあえず、俺の上着は結衣ちゃんに貸すことにした。

「神主さんは？」

「俺は大丈夫」

本当はあまり大丈夫じゃないが、結衣ちゃんが風邪を引きでもしたら困る。

「しかし、やっぱり、同じ場所をぐるぐるしている気がする……」

「足が痛い……」

結衣ちゃんに疲れがたまっているのを見て、俺たちは休憩することにした。

リュックをどさりと地面におろすと、手頃な岩の上に腰かけ、水筒のお茶を飲んで一息つく。

「お腹《なか》減ったね」

「そうだな……」

山に入ったのが朝の十時ごろで、今はすでに一時前。タケノコ掘りをしていた時間を差し引いても、二時間近く竹林の中をさまよっていることになる。

「荒ぶる山の神よ、お気持ちを鎮めたまえ……」

投げやりになってつぶやくが、祈る対象が明確でない分、力がこもらない。

「山の神って、誰なんだ？」

そういえば、昔語りの中で、山の神・水の神と、セットで語られていた気がする。だけど俺は、ひとりの神が山と水を司《つかさど》っているのだと思って、まさか二柱の神がいたなんて、考えたこともなかった。

山の神は、人々に忘れられてしまったということだろうか。

それか、山奥にあったという祠から今の場所にお社が移ったときに、何かあったのだろうか。そうだとすると、今のお社が最初にできたのが明治時代らしいから、百年以上前の話だ。

「知ったこっちゃないよな、そんな昔の話……」

とはいえ、気にならないと言ったら嘘《うそ》になる。

俺がひとりもんもんとしていると、結衣ちゃんが「あっ」と声をあげた。

「ねえ、見て、ネズミさんがいるよ」

結衣ちゃんに言われて見回すと、枯れ葉の間をちっぽけな茶色いネズミが、ちょろちょろと走ってきた。俺の靴の側《そば》に立ち止まると、後足で立ち上がってつぶらな瞳《ひとみ》で俺を見上げる。

直感的に、普通のネズミではない、とわかった。

「なあっ、お前、お社へ戻る道を知らないか？」

俺が藁《わら》にもすがる思いで話しかけると、ネズミは手のひらで長いヒゲをひとなでした。

『いっしょ、かえる』

ネズミが細い声で、たどたどしくそう言った。たぶん、それほど力を持っていないのだろう、言葉は片言で、とても聞き取りにくい。

『おしらさま、めいれい』

なんと、お白様の差し金、もとい助け船か。さすがご祭神。すべてお見通しである。

「このネズミ、道案内をしてくれるかも！」

「えっ、ほんとに？」

俺たちが喜び勇んでリュックを背負い立ち上がると、小さなネズミは道案内をするように、先に立って走りはじめた。見失わないように、俺たちは必死でその後をついていった。

歩けど歩けど同じ景色が続いていた竹林が、急に変化を見せて、さほど進まないうちに、前方に竹ではない木立が見えてきた。

「おおっ！　抜け出せそうじゃないか！」

ネズミはちょろちょろと俺の前を走り、森の中を抜ける小道のところまで俺を連れてくると、あっという間に藪《やぶ》の中へ消えていった。礼を言う暇もなかった。

「ありがとな」

「今度おいしいチーズ持ってくるね」

俺たちはどこかにいるネズミにそう声をかけると、神社までの残りの道を、ほとんど走らんばかりに戻っていく。

ほどなく、木々の間に見慣れたお社が見えてきたときには、俺たちは心底ほっとして、全身の力が抜けそうになった。

「やれやれ、戻ってきた……」

それと同時に、俺は既視感にとらわれた。

「こんなことが、前にもあったような気が……？」

森で迷って、誰かに案内されて帰ってきて……木々の間にのぞくお社の屋根を見て、安堵《あんど》することの感覚。俺はめまいのようなものを感じて、手のひらで額をおさえ、しばらく突っ立っていた。

「神主さん、どうしたの……？」

結衣ちゃんが心配げに俺の顔をのぞきこんだが、俺は反応できなかった。

なんだろう。とても大事な記憶《きおく》だった気がする。

だが、考えても思い出せなかった。


平日の昼下がりの神社は、いつもと変わらぬ穏やかさに包まれていた。

日のまったく射《さ》さぬ竹林から、木漏《こも》れ日《び》の揺れる神社の境内《けいだい》にたどりつくと、その暖かさにほっと体がゆるむのを感じた。ここは守られた場所なのだと、身に染みてわかる。

俺は荷物をおろすと、何はともあれお礼を言わねばと、お白様を探した。

手水舎《ちょうずや》の周りから、拝殿と本殿。

お白様は珍しく、本殿におわした。

「お白様。おかげさまで助けられました。感謝申し上げます。ありがとうございました」

俺がいつにもまして丁寧にお参りをして感謝の気持ちを述べると、お白様は舌をちろちろとさせて、『うむ』とだけ言った。なんだか、いつもよりそっけない気がするのは、気のせいだろうか。

「あの、お白様。ひとつおたずねしてもよろしいでしょうか」

『なんだ？』

「山の神……というのは、どなたのことでしょうか」

お白様は瞳孔の細い赤い目で、じっと俺を見てくる。真正面から見られると、蛇ににらまれた蛙《かえる》のように、身体が緊張した。威圧感がすごい。

『自ら思い出せ』

お白様は短くそう言った。その声は、ひやりとする冷たさを帯びている。……もしかして、お白様、怒っている？　俺が戸惑っているうちに、お白様の姿がすうっと薄れ、見えなくなった。これ以上俺と話す気はない、ということなのだろう。

「意味がわからない……」

何かがあるらしい、ということだけはよくわかった。

俺と結衣ちゃんは、一旦《いったん》それぞれの家に帰ることにした。

俺はまず、温かいシャワーを浴びて着替え、掘ってきたタケノコの処理にとりかかった。洗って、外側の皮をむいて、穂先を切り落とす。ちなみにその工程はネットで調べた。どんな情報でもインターネット上に転がっている、便利な時代だ。

大鍋に水をはり、近所の農産物直販所で手に入れた米ぬかを入れて火にかけ、アク抜きをする。

水が沸騰してきて、ぷくぷくと小さな気泡が出てくる様を、俺は台所の椅子《いす》に座ってぼんやりと眺めた。今さらどっと疲れが出てきて、座ったまま眠ってしまいそうだった。それもこれも、竹に惑わされて道に迷ったからである。

「ちくしょう、あの竹のやつ……」

俺が何をしたって言うんだ。逆恨みじゃないか。今度会ったら、七夕飾りにしてやる……。

タケノコのアク抜きが終わると、粗熱が取れるのを待って、きれいなのを選んで袋に入れる。ちょいと土産代わりに持っていくつもりだった。残りは切って炊飯器に入れてタケノコご飯を仕掛け、予約炊飯のスイッチを押すと、俺は出かける支度《したく》をした。

今の時代、インターネットで探せば大概の情報は転がっているが、すべてがわかるわけではない。この白水山にかつておわしたらしい「山の神」のことは、どれだけ検索しても、一件もヒットしなかった。ならば。

考えても調べてもわからないことは、人に聞くに限る。

「こんにちは〜」

うちから車で十分ほどの距離にある、立派な一軒家の門のベルを鳴らした。生け垣で囲われた庭に、黒い屋根瓦の日本家屋。門の横の表札は『村田《むらた》』とある。

「おお、神主さん。今日は普通の服なんじゃな。まるでただの若者のように見えた」

やがて出迎えにムラ爺《じい》が現れる。今日は作業着ではなく、鼠《ねずみ》色の着物姿だ。ちなみに俺は、ベージュの綿パンに白シャツという普段着。

俺は中に通されて、縁側の座敷に腰を下ろした。

「突然すみません。あ、これお土産です」

俺は袋に入った茹《ゆ》でタケノコを手渡した。

「むむ、タケノコではないか！」

「うちの神社の裏で掘ったタケノコです」

「そんな霊験あらたかなタケノコを、いただいてもよろしいので？」

「もちろん。いっそ、全部掘り起こしてやってほしいくらいです」

俺が私怨をこめてそう言うと、ムラ爺はカラカラと笑った。

「はっは。あの広い竹林のタケノコを掘りつくすのは、簡単ではないですな」

「ほんと、広すぎて、道に迷って死にかけました」

「あの山の竹は、みなでひとつだからの。似ているから方角を見失いやすい」

「みんなでひとつ？」

なんだよ、ムラ爺まで厨二みたいなことを言い出したぞ。

「竹はの、地下で根がつながっておって、山一面が全部同じひとつの竹だったりするのだ」

「そうなんですか？」

「年々、竹が増えていくのも、根が伸びるからじゃ。ひどいときには、根が家の床下まで伸びてきて、床を突き破って生えてくることもある」

「ひええ……」

そうか、だがそれなら、竹のあいつが、どこでも変幻自在に消えたり現れたりしていたのも、納得がいく。どこまでいっても、あの竹林はあいつ自身だったのだ。だから、俺を道に迷わすのも簡単だったのだろう。竹野郎が、『竹林はすべて俺である』なんて格好つけたことを言っていたが、あれは厨二ではなくて、単なる事実だったということか。誤解していた。今度会ったら、謝ろう。


「しかしそういえば、村の婆さんたちが、今年は山菜もタケノコも、少ないと言っておったな」

ムラ爺がふと思い出したように、あごひげをなでた。

「そうなんですか？」

竹男もそんなことを言っていたな。

「年々、山の恵みが減っている。去年は山栗やどんぐりも少なくて、飢えたイノシシや熊が里の畑を随分荒らしたしの」

「……山の力が衰えている？」

竹は確かそう言った。

どこかにおわす山の神の力が弱まって、山や森も影響を受けているんだろうか……？

俺は少しずつ、不安を感じはじめていた。

竹やお白様の口ぶりからすると、俺は山の神のことを知っているらしいのに……まったく自覚がないのだ。

「あの、ムラ爺ならご存知かと思って、お聞きするのですが」

俺は本題を切り出した。

「どうかな、知らんこともたくさんあるぞ」

「白水山の『山の神』って、ご存知ですか？」

俺は期待を込めてたずねたが、ムラ爺は少し考えた後、首を振った。

「聞いたことないですな」

「そうですか……」

ムラ爺が知らないとなると、やはり「山の神」は誰にも知られていない存在なのだろうか。

「なぜそんなことを？」

ムラ爺が興味をひかれたのか、ずいと身を乗り出してたずねる。

「もしかしたら、古い時代には、お白様だけでなく『山の神』がいたのかもしれない、という話を聞いたもので」

「なるほどの」

そのとき、スマートフォンがぶるっと震えて着信が入った。

見れば、結衣ちゃんからだ。

「どうしたの？」

俺がたずねると、結衣ちゃんが電話の向こうで、勢い込んだ声で言った。

「山の神様のこと、思い出したよ！」

「えっ、まじか⁉」

思わず声が大きくなる。

「あのね、奥山のおばあさんから、聞いたことがあるの」

「奥山のおばあさん？　それはどなたで？」

「古い昔話を教えてくれるおばあさんよ」

俺の言葉を聞いていたムラ爺が、「ふむ、なるほどの」と無精ひげの生えたあごを指先でなでた。

「確かに、昔の伝承であれば、村の古老に聞いてみるのが早かろう」

どうやら、この地域では有名な人らしい。

ムラ爺もそう言うなら、きっとその婆さんが何か知っているのだろう。


俺は結衣ちゃんと再び落ち合って、集落の一番奥にひとりで住んでいるという、村きっての古老をたずねることにした。

「あそこを右ね」

結衣ちゃんに案内されて、村道を車で走っていくと、用水路沿いの細い砂利道に出た。そこで車を停《と》めて、俺たちはさらに歩いていく。

進むにつれ、山がどんどん左右から狭まってきた。山の斜面には木が植えられていて、大きめのミカンのような実がなっている。地面にもオレンジ色の実がたくさん落ちていた。辺りに、柑橘《かんきつ》の甘酸っぱい匂《にお》いが漂っていた。

「こんなところに、人が住んでいるのか？」

「最近は、引っ越しちゃう人も多いの」

結衣ちゃんが言う通り、ときどき家があるが、多くが空き家のようで、窓には蔦《つた》がはい、庭はぼうぼうと雑草に覆われている。

川沿いの棚田もやはり草がぼうぼうで、耕されている様子がない。

「これが、耕作放棄地ってやつか……」

世間の田舎は過疎化が問題となっているが、この地域はまだ比較的人が住んでいて、大丈夫なのだと思っていた。だが、集落の奥の不便な場所は、こうして人が離れ、土地も見捨てられはじめているのだな……。


やがて、道のどん突きのような場所に、小さな家が見えてきた。

その家は古そうだがちゃんと手入れがされていて、人が住んでいるらしいとわかる。軒先には連ねられた玉ねぎがぶら下がっている。

俺たちは開け放しの扉から恐る恐る顔をのぞかせて、「こんにちはー」と声をかけた。だが、返事はない。

「すみませーん！」

声を張り上げてもう一度挨拶するが、やはり返事がない。

「留守かな……？」

「お出かけしてるのかも」

諦《あきら》めて立ち去ろうと踵《きびす》を返したとき、目の前にほっかむりを被ったしわくちゃの老婆が立っていて、俺は驚いて飛び上がった。

「うわあっ」

まったく気配に気づかなかった。心臓に悪すぎる。

「あ、おばあちゃん、こんにちは」

結衣ちゃんは慣れているのか、にこやかに挨拶をしている。

「おお、結衣ちゃんだの。よう来たの。で、そちらはどなたさんかね」

老婆が白い眉《まゆ》の下から、俺を怪しむように見上げた。腕には、かご一杯の大ミカンを抱えている。

なんだか、絵に描いたような田舎のお婆さんだ。

俺は気を取り直して、自己紹介した。

「白水神社に新しく神主として来ました、山宮翔太《やまみやしょうた》です。よろしくお願いします」

老婆は俺の顔をじっと見つめた。

「先代の倅《せがれ》かね」

「はい、そうです」

俺が肯定すると、何か合点がいったように、老婆は顔をくしゃっとさせて笑った。

「まああ、中に入りなされ。むさい家だが、堪忍してくれな」

「は、はい。お邪魔します」

老婆にうながされて、俺たちはどぎまぎしながらも、家にあがらせてもらうことにした。


その十分後。

「ほれ、塩でしっかりと揉《も》んでな」

「は、はい」

「桶《おけ》に水を汲んできてくれんかね」

「はい！」

「おらが切るから、実と皮をわけて皮は桶の水に入れてな」

「はい！」

なぜか俺たちは、老婆にこき使われていた。

老婆が腕に抱えていたかご一杯のミカンは「甘夏」というらしいが、それを「しばかねばならん」というので、うっかり「手伝います」と言ったとき、老婆の目がきらりと光ったのを俺は見てしまった。

よく洗った甘夏を四つに切って、皮と実をわけ、実はさらに、薄皮と種をのぞいていく、という単純作業だが、何しろ数が多いので大変だ。

甘夏の甘酸っぱい匂いが鼻をうつ。果汁の酸のせいか、指の皮が少しぴりぴりした。

「皮は細く切ってな、実と合わせてな、砂糖を入れて、ぐつぐつ煮るのよ。ぐるぐる焦《こ》げないように混ぜて、ようく水をとばしたら、できあがりじゃ」

老婆が甘夏ジャムの作り方を説明してくれる。ちなみに、言葉がかなりなまっていて、ところどころ聞き取れないのは、想像で補った。

「ものすごうおいしいものではないがな、まあまあ、うまいのよ」

「私も去年もらったよ。ヨーグルトに入れて食べたら、おいしかった！」

「まあまあな」

そんな会話をしながら、俺は老婆の指示通りに、むいた皮を水でジャブジャブ洗う。

ああ、『手づくり甘夏ジャム』なんてお洒落《しゃれ》な響きの裏側には、こんな作業が存在していたなんて……。

「作ったジャムをな、小さいビンに入れてな、そしたら、班長がとりにきてくれるのよ」

「そうなんですね」

班長というのが誰なのかは、聞かないことにしておく。たぶん、ジャムづくり班の班長なのだろう。

「駅の近くに、野菜とか米とかを売る場所があってな、そこで売るんじゃよ」

「なるほど、直販所で地元の産品として出してるんですね」

「そうよ、甘夏も使わにゃ落ちて腐るだけだからの」

なんだかそんな感じで、老婆はずうっとしゃべり続けており、俺が話題を変える暇もない。

あれ、俺ここに何しにきたんだっけ？　甘夏ジャムを作りにきたのかな？

だが、老婆があまりに楽しそうにしゃべり続けるので、俺はだんだん、自分の用事などどうでもよくなってきていた。

結衣ちゃんが言うには、老婆はずっと前に旦那さんに先立たれて以来、この山奥の家でひとり暮らしているのだという。畑で野菜を育てたり、山菜をつんできたり、こうしてジャムや味噌《みそ》を作ったりして、それを地元の共同グループが買いとって、農産物直販所や土産屋で売っているのだとか。

もしかしたら、普段は話し相手もいなくて、ちょっと寂《さび》しいのかもしれないな。嬉《うれ》しそうな老婆の声を聞きながら、俺はせっせと甘夏の皮の処理を続けた。

「あんがとな、おかげで早う終わったわ」

「いえいえ、お役に立てたなら、よかったです」

「楽しかった！」

甘夏の下ごしらえが終わったときには、日が暮れていた。今日は皮と実を砂糖につけておき、明日煮詰めてジャムにするらしい。

帰る前に一服してきなされ、と言われ、老婆が淹《い》れてくれた豆茶をすすりながら、俺はやっと自分の用事を思い出した。

そうだ、俺は「山の神」のことを聞きにきたのだ。

「あの、お婆さん」

「なんぞえ？」

「お婆さんは、『山の神』のこと、何かご存知ですか？」

「ほら、前に昔話を聞かせてくれたでしょ」

結衣ちゃんも言い添える。

老婆は手に持った湯飲みを膝《ひざ》に下ろすと、視線を遠くにやった。

「昔は白水山にも、『山の神』がおったと言われとる」

「ほんとですか⁉」

あまり期待していなかった俺は、老婆の返答に身を浮かせる。さすが村の古老。『山の神』は実在したのか。

「おらが子どものとき、おらの婆さんから聞いた。山の神はかしこき神で、畏《おそ》れられとったとな」

「かしこき神……？」

それは一体、どんな神だろうか。

「おらも、ようは知らん。昔話じゃよ」

「今、山の神を祀るお社は、白水神社にはありませんよね」

「山の神は死に絶えたと、おらの婆さんは言っとった」

「死んだ……？」

神が死ぬとは、どういうことだろうか。

俺はますます混乱したが、老婆もそれ以上のことは知らないらしかった。


余った甘夏と、山菜を炊いたものを手土産に持たされて、俺たちは家路についた。

山の神の情報が得られたのはよかったが、謎《なぞ》は深まるばかりだ。

「ああ、気になる……」

片手で車のハンドルを握りながら、俺はガシガシと頭をかいた。

甘夏婆さんの言っていた「山の神が死んだ」というのは、どういうことだろう。信仰が絶えたという意味だろうか？

「山の神様、本当に死んじゃったのかな……」

結衣ちゃんも小さくつぶやいた。開け放しの窓から外を眺める横顔が、やはり考え込んでいるようだ。

「わからない。忘れられたという意味なのかも」

「……そうだったら、寂しいね」

結衣ちゃんの言葉に、俺は「そうだな……」と相づちを打った。

なんとなく物憂げな沈黙が、車内を漂った。

「もっと知りたければ、お白様を問い詰めるしかないか……」

うちのご祭神は、間違いなく何か知っていると思う。

今度酒でも飲ませて、酔ったところを吐かせるか……。


俺は結衣ちゃんを送った後、すっかりくたびれて帰宅した。

玄関の扉を開けると、ちょうど炊き上がったタケノコご飯の匂いが俺を出迎えた。

「腹へったな」

ほかほかのタケノコご飯と、婆さんにもらった山菜のおひたしで晩飯にした。新鮮なタケノコのシャキッとした触感と甘みが、スーパーで買うパックのタケノコと同じ食べ物だとは思えない。ほろ苦い山菜も、くせになる味だ。

「やばい、うまくて涙が出そうだ……」

疲れる一日だったけれど、自然の恵みのおかげで元気が出てきた。

これが、最近減っているとなると、由々《ゆゆ》しき事態だ。

山の神のことは、明日また調べてみよう。

タケノコで大変な思いをした翌日は、ほとんど一日中パソコンの前に座って、生活の糧を得るための仕事をしていた。

今のところ、神社の収入が雀《すずめ》の涙だから、前職のツテで依頼される案件や、クラウドソーシングなどを利用して、ちょこちょこと日銭を稼いでいる。

その合間に、神社ＳＮＳを更新したり、神職の勉強をしたり。

何しろ、資格をとったのは大学生のときで、その後長らく神社からは離れていたから、ご祈禱《きとう》のやり方や祝詞《のりと》など、うろ覚えの部分も多いのだ。

集中してデスクに向かっているうちに、ふと気がつけば夕方になっていた。窓から外を見ると、空は暗い雲に覆《おお》われて、今にも雨が降りそうな気配だった。

「やれやれ、今日はおしまいにするか……」

俺《おれ》は立ち上がって腕を伸ばすと、ベランダに出て、しばらく手すりにもたれてぼんやりしていた。

視界をさえぎる背の高い建物がないから、二階からでも田舎の景色が見渡せる。暗い空をカラスが数羽、急《せ》いたように飛んでいく。

「これ、神主さんよ」

そのとき、下から俺を呼ぶ声がした。

見下ろすと、見覚えのあるほっかむりが庭に立っている。

「婆《ばあ》さん⁉」

甘夏婆さんは顔をあげて俺を見つけると、顔をくしゃっとさせて笑う。

「おお、そこにおったか。玄関は閉まっとるし、呼んでも返事がないし。おらんのかと思ったわ」

「インターホンを鳴らしてくださいよ」

俺は大急ぎで階段を下りると、婆さんの元へ向かう。家に上がってくださいと勧めたが、婆さんは「ここでええ」と言って、玄関前の段差に腰を下ろした。

「これをな、持ってきたのよ。昨日、手伝ってもらったから、お礼にと思うてな」

婆さんが背中にしょっていたかごから、小さな瓶《びん》をふたつ、取り出して俺に渡した。

「あ、もしかして甘夏ジャムですか？」

「そうよ。まあまあ、うまくできてな」

「ありがとうございます」

わざわざ、このために来てくれたのか。ちょっと申し訳ないな。電話してくれたら、取りに行ったんだけど。

「それとな、今朝《けさ》、甘夏を煮ながら、思い出したのよ」

老婆がまるでついでのように言い足した。

「最後の『山の神』の話をな」

俺は予想していなかった言葉に、うっかりジャムの瓶を取り落としそうになった。

「それは、どんな話ですか?」

俺も老婆の隣に腰を下ろして、しっかりと話を聞く態勢になった。

老婆は目を細めて遠くを見るような様子をしながら、この地域に伝わるという古い言い伝えを語ってくれた。

遠くでは、春の嵐《あらし》が近づいているのか、雷が低く響いている。

「昔々、この辺の山には狼《おおかみ》が棲んどった。

その中に一匹、ずぬけて体が大きくて、頭のいいやつがおった。そいつは、狼の群れを率いて、鶏をさらったり、はぐれ牛を襲ったりするので、里の者からは恐れられておった。じゃが一方で、山で道に迷う者があると、里まで送り届けてくれることもあった。それに、狼がおると、山の獣が恐れて、里の畑を荒らさなかった。

だから狼の主《ぬし》は、かしこき神、山の神として崇《あが》められとった」

老婆はとうとうとした語り口で続けた。

また雷が鳴り、暗い空に稲光が走った。

「だが、ある冬、村の牛飼いは大事な種牛を狼の群れにやられて、狼を恨んだ。それで、狼の主に戦いを挑んだのじゃ。

罠《わな》をかけても、銃で撃ってもびくともしない狼の主だったが、ある日、牛飼いは、主の影をとらえることに成功した。牛飼いは斧《おの》で狼の影を叩き切った。そうすると、狼の主は悲鳴をあげて山の奥へ駆け込んでいった。

それ以来、山からは狼が消えてしもうた。里の人は、『山の神は死んだのだ』と噂《うわさ》した」


それで話は終わったらしく、老婆は口をつぐんだ。俺も、なんと言えばいいのかわからなくて、黙っていた。

昔、山を守っていた古い狼が、『山の神』だったのか。

遠くでは相変わらず、雷が鳴っている。


甘夏婆さんから狼の伝承を聞いた翌日。

夜中は雨と風が強かったが、夜が明けるとすっかり嵐は去って、よいお天気だった。

俺はいつもの紺色の作務衣《さむえ》に着替えて、朝から神社へ向かった。

強い風が吹いた後は、木の葉や枝がたくさん落ちて、参道や神社の境内《けいだい》が荒れる。今日は一日、神社の掃除で終わるだろうと覚悟していた。

参道の入り口辺りにも、杉の葉がたくさん散って、むせるような緑の香りが辺りに漂っていた。

鳥居の番人である大杉が、昨夜の風に吹かれたせいか、緑みのショートヘアをぼさぼさにして、鳥居の柱にもたれていた。こいつは、背が高くすらっとした美女だが、不愛想であまり笑わない。

『昨夜の嵐で、わたしの仲間がひとり、倒れたようだ』

鳥居をくぐろうとする俺に、大杉がそう教えてくれた。

「マジで？　木が倒れたってこと？」

『鳥が言うには、お社近くの森の中だな』

「そうか、後で見に行こう。教えてくれてありがとう」

俺が礼を言うと、大杉はちらりとだけ笑みを浮かべ、すうっと姿を消した。

会話も最低限の、情報伝達のみ。うーん。クールだな。


お社に着くと、手水舎《ちょうずや》の水盤にも落ち葉が浮いていた。

『昨日の風はすごかったね～』

緑の手ぬぐいを頭に巻いた小さい人が、柄杓《ひしゃく》を立てかける棒に座って、足をぶらぶらさせている。

『雨がかかって、気持ちよかったよ』

「それは何より」

おかげで、水盤は落ち葉だらけだけどな。

俺はまず、手水舎の掃除から始めることにした。水盤の底をたわしでこすりながらふと見ると、縁についた苔《こけ》から、小さな花のようなものが、ぽんぽんと頭を出しているのに気がついた。

「おお、かわいいじゃないか」

『でしょ。ほら見て』

苔が自慢げに自分の頭を指さした。よく見れば、頭のてっぺんに、房飾りのようなものがついている。苔って花が咲くんだな。知らなかった。

『春だもの』

苔と他愛もない話をしながら、水盤に新しい水を入れる。

これで手水舎の掃除は完了。


「境内を掃除する前に、倒れたっていう木を見に行くかな……」

大杉は、お社の近くだと言っていた。お社の側《そば》には、例の竹林が広がっているから、俺はちょっと躊躇《ちゅうちょ》したが、とにかく行ってみることにした。

お社の裏道から森に入っていく。しばらく進むと、杉やクスノキに交じって、細長い竹が増えてくる。杉が倒れたというから、たぶんこの辺だと思うんだけどな。

竹林は山の斜面に沿って広がっているのだが……しばらく進んでいくと、さすがの俺でも異変に気がついた。

「もしかして……土砂崩れ？」

昨日までは何ともなかったのに……斜面の一部が崩れて、岩や土がむきだしになっている場所があった。それほど範囲は広くはないが、一帯の灌木《かんぼく》や竹が土に埋《う》もれたり傾《かし》いだりしており、ひと際大きい杉の木が、根本から倒れていた。

雨で地盤がゆるんだせいだろうか……。

近づいてみれば、杉の幹には苔が生えていて、幹の一部は腐って空洞になっていた。

「なるほど、元々弱っていた木だったのかな……」

倒れた杉の周りでは、太い幹になぎ倒されて、細い竹が何本も巻き添えを食って、折れたりたわんだりしていた。


「あれは？」

倒木の様子を確かめているとき、竹林の中に誰《だれ》か倒れているのに気がついた。

「もしかして、タケノコ掘りに来た人とか⁉」

倒木に巻き込まれたんだとしたら、一大事だ。俺はさーっと青ざめ、大急ぎで駆け寄って見ると
――それは例の竹男だった。

「おいおい、お前かよ」

ズッコケそうになる。焦《あせ》って損したじゃないか。

「だけど、動かないな。木に当たったのか？」

人ならざるものとはいえ、死んだとなると寝覚めが悪い。いや、人間じゃないんだから、それで死にはしないと思うんだけど。

俺が竹男の側に膝《ひざ》をついて、そっと肩を揺さぶると、「うーん」とうめき声をあげた。よかった。生きてはいるが、目を回しているみたいだな。

「何か、竹の元気が出るもの、持ってたかな……」

自然の神々にお供えするのは、酒やお菓子と相場が決まっているのだが、あいにく持ち合わせていない。あるのは、家から水筒に入れてきた緑茶だけだ。

仕方ないので、俺は緑茶を竹男に飲ませてみることにした。

水筒のコップにまだ温かいお茶を注《そそ》いで、倒れている竹男の顔に近づけると、竹男はぱちりと目を開いた。

『故郷の香りや』

竹がいきなり、がばっと起き上がったので、俺は驚いてのけぞった。

「元気じゃないか」

『それはなんや』

俺のツッコミは無視して、竹男は俺が手に持っているコップを穴が開くほど見つめる。

「ただの緑茶だよ」

俺はコップを竹に渡した。竹は目を閉じて、すっとお茶の香りを吸い込んだ。

『どこの茶や』

「えーっと、確か宇治のお茶だったような」

両親が置いていった茶葉だ。俺は何も気にしていなかったが、そんなに特別なものだったかな。

確かに、ちょっと高級そうなパッケージだったけど……。

『思った通りやな。懐かしい故郷の匂《にお》いや』

「そういえばお前、京都生まれだって言ってたな」

植物にも、生まれ故郷を懐かしむ気持ちがあるんだな。土の味とか、空気とか、そういうのを感じるのかな？

竹は目を閉じて、味わうように茶を飲んだ。コップが空になると、もう一杯と言うので、俺は水筒に残っていた茶を全部注いでやった。竹男は時間をかけて、緑茶を飲み干した。

『……ふう。まさかこの遠い地で、懐かしい茶の香りを堪能できるとは、思っとらんかった』

「それはよかったな」

なんだかよくわからないが、宇治茶のパワーで、先日はトゲトゲしかった竹の態度も、少し和らいだみたいだ。

「で、体は大丈夫なのか？」

俺が心配してたずねると、竹はすっと立ち上がった。

『大したことないわ』

竹らしいしなやかな長身で、相変わらずの見事な八頭身。竹は、しゃきっとまっすぐなお辞儀をして、神妙な声で言った。

『先日は、悪いことをしたな』

竹林で惑わせたことを謝っているらしい。

「いやまあ、過ぎたことだし、いいよ」

正直、大変な目にはあったが、おいしいタケノコはいただいたし、水に流そう。こうして謝ってくるなんて、きっと根は悪いやつじゃないんだな。ただちょっと、逆恨みをしていただけで。

「山の神って、狼のことだったんだな」

俺がそう言うと、竹男は横目で俺の顔をじろりと見た。

『ふん。やっと思い出したんか?』

「いや、思い出したというか、教えてもらったというか……」

竹男が疑わしそうに、眉間にしわを寄せる。

『あんさん、本当に何も覚えてへんのんか?』

「いや、俺は何も……」

そこでふと思い当たることがあって、俺はためらいがちに訊《たず》ねた。

「もしかして、俺、山の神と会ったことがあるのか?」

竹の口ぶりを聞いていると、そんな気がした。それに俺自身、何か忘れていることがあるような感覚があった。

竹は黙って俺の顔を見ていたが、やがてふうと息をついた。

『ほんまに覚えとらへんようやな。それも山の神のご意思か……』

その声がなんだか落胆してるようで、俺は焦りを感じはじめた。

「なあっ、どういうことなんだ?」

『……忘れられた神は、死んだも同然やな』

竹男は俺の質問には答えず、暗い顔でうつむいた。

『こんなちょっとの雨で崩れるのも、山の力が衰えている証か……』

「もしかして、山の異変と『山の神』は関係があるのか？」

『……それもまた、あらがえない運命』

竹男は力なくつぶやくと、背中を丸めて力なく竹林の中へ消えていった。

「ちくしょう、なんなんだよ」

どいつもこいつも、思わせぶりばかりで、はっきりとしたことを言わない。

後に残された俺の中で、もやもやとした思いだけが膨らんだ。


その後数日、俺は気になりすぎて、仕事の合間に山の神や狼について調査を続けた。

「狼は本当に死に絶えたのか？」

まずはそこが疑問で、「オオカミ　日本　現在」と検索すると、すぐに大量の情報が現れる。

目についた記事には「かつて、日本にもオオカミがいた」とあった。

「そっか、ニホンオオカミって、本当に絶滅しているのか……」

ネットの情報によると、一九〇五年に奈良で捕獲されたのが最後で、日本では絶滅したらしい。

甘夏婆さんの語ってくれた昔話は、この地域にも昔は狼がいて、山の神として崇められていたが、いつしか絶滅してしまった、ということを表しているのかもしれないな。

ちなみに、狼信仰というのは日本の各地にあって、古くは神の使いとして崇められてきたらしい。

だけど、狼が絶滅するとともにその信仰も失われていったとのことだ。

「じゃあ、山の神は今どこに……？」

どこかにお隠れになっているのか、それとも本当に死んでしまったのか……？

どれだけ調べても、それ以上のことは何もわからなかった。


山の神の謎《なぞ》は残ったまま、日常だけが過ぎていった。

四月が過ぎて五月に入ると、春は深まり、山の緑が濃くなっていくのが目に見えてわかる。


ある朝、ご奉仕のために、俺は浅葱色《あさぎいろ》の袴《はかま》を身にまとい神社へ向かった。

五月も半ばになると、早朝でも空気はふわっと暖かい。道端には雑草がぐんぐんと伸びて、白や黄色に青紫など、色とりどりの小さな花が咲いている。

「あああ、草抜きが大変な季節がやってくるな……」

俺はあちこちに芽吹く雑草を眺めて、ため息をつく。

夏になると、氏子さんや町内会の人たちが草抜きを手伝ってくれるのだが、子どものころはそれ以外にも、しょっちゅう草抜きをやらされていた記憶《きおく》がある。だけど、小さいものたちに苦情を言われることもあって、苦痛だったんだよな。申し訳ないし、でも放っておくと草ぼうぼうになるし。

これはちょっと、草刈り要員を探したほうがいいかな……。

あれこれと今後の計画を立てながら、俺は参道の長い階段をのぼっていく。

ほとんど毎日、階段をのぼりおりしているうちに、身体が慣れてきて、このころはほとんど息切れもしなくなってきていた。

「もはや、インドアなSEは卒業だな」

歩きながら、階段のところどころに、紫色の花が散っているのが目についた。何の花だろうかと見回すが、それらしいものは見当たらない。

「俺、もうちょっと植物の勉強しようかな」

春もたけなわで、山にはいよいよ、いろんなものの気配がうごめくようになっていた。そのほとんどは、力のない小さきものたちだから、姿や声も聞こえないが、冬の間は地面の下で身をひそめていた八百万《やおよろず》のものたちが、活発に動いているのは感じられる。

ただ……やっぱり今年は、例年に比べると山菜の収穫量が減っていて、果物の花や渡り鳥の数なんかも少ないらしい。

山の力が衰えているという竹の言葉もあって……少々、いやだいぶ、気がかりだった。

社殿にたどり着くと、丁寧に参拝をしてお白様にご挨拶《あいさつ》申し上げた後、いつもの通り、朝のご奉仕をはじめた。

お社周りからはじめて、境内を箒《ほうき》で掃き清めていく。

森の縁まできたとき、地面に紫色の花がたくさん落ちている一角があるのに気づいた。

見上げると、椿《つばき》の木の上に絡《から》まって植物のつるが伸びており、紫色の房がいくつも垂れ下がっている。

「ああ、藤の花か」

目を凝らせば、椿の枝には着物姿の黒髪の少女が腰かけており、その腕にくっつくようにして、くるくるとカールした紫色の髪の少女がいた。

椿と藤だなと、少し遅れて気がつく。

『こいつ、うっとうしいのよ』

椿がブツブツと文句を言っている。それに対する藤はどこ吹く風で、にこにこ笑っている。

『仲良くしようね』

『あんたのせいで、お日さまが当たらないじゃないの』

『知らないもん』

飄々《ひょうひょう》とした藤に対して、椿が苛立《いらだ》ったように枝を揺すった。

『いいから離れなさい』

『え～やだ』

嫌がる椿と、それを歯牙にもかけない藤。だんだんと険悪な雰囲気になっていくのを見て、俺は

少しばかり焦りはじめる。

「一体、どういう状況だ？」

この間まで赤い花をつけていた椿は、今は花がほとんど終わり、代わりにまるくつやつやした実をつけていた。それに合わせてか、椿娘は地味な深緑の着物に、黒髪をお団子に結った装いだ。

そして、その上に覆いかぶさるように枝を伸ばした藤の花は、今が花の季節らしく、紫色の房になった花がいくつも垂れ下がっていた。藤娘はくるくるに巻いた藤色の髪をして、痩せて手足が細く、椿に腕をからめて、ぴったりくっついて座っている。

一見すると仲良し美少女ふたりの図だが、椿は明らかに嫌がっている。

「なるほど、藤のせいで、椿に日があたらなくなっているのか……」

最近まで気づかなかったのは、冬の間は葉を落としていたからだろうか。よく見ると、椿の枝は藤の重みでしなっていて、気の毒な感じだ。春の藤の花、というと美しいイメージだが、確かに他の木にとっては、ちょっと迷惑なのかもしれない。

『あっち行ってよ』

『そんなこと言わないで～』

『邪魔なの！』

『だって、ひとりで立てないんだもん』

椿は怒りまじりで言い、藤は媚《こ》びるようになよなよしている。

これはどうすればいいんだ……。そのうち、殴り合いの喧嘩《けんか》でもはじまりそうで、俺はハラハラした。

そこでひとつ思いついたことがあって、俺は手をぽんと打ち合わせた。

「よし聞け！」

俺は声をあげて、ふたりに話しかけた。

「俺が藤棚を作るから、藤はそっちに枝を伸ばしたらどうだ？」

『なにそれ？』

「要するに、藤が自由にからんでよくて、日にもあたれるような場所だ」

『地面を這《は》うのはイヤ』

藤が疑《うたぐ》り深そうに俺を見た。

「大丈夫だ。このくらいの高さには作るから」

俺は腕を頭の上に伸ばして、二メートルくらいの高さを示した。藤はためらいながらも『いいかも』と言い、椿は『早くなんとかして！』と自らの枝を揺すぶって訴えかけてくる。

こうして、俺の次のタスク「藤棚づくり」が始まった。

「とはいえだな」

藤棚って、どうやって作るんだ？　公園とか観光地のお寺にあるのはよく見かけるが、要するに支柱があって、その上に棒か何かを渡していけばいいんだよな？

こんなときの文明の利器《りき》、インターネット検索。

俺は「藤棚　作り方」とキーワードを入れて調べ、次のような解説を見つけた。
一．竹や木材、パイプなどの棒を格子状に組んで天板を作る
二．天板を支柱で支える
三．完成した棚に藤を這わせる
「ふむふむ、それほど難しそうではないな……」
竹なら、うちの竹林から調達できそうだし、支柱だけなんとかすればいいな。それほど大きくなくてもいいだろう。しかし、ひとりで作るのは難しそうだから、誰かの助けがいるな。
こういうとき頼れる人というと、ひとりの人物の顔が浮かんだ。

「こんにちはー」

立派な日本家屋を訪問して声をかける。

「おお、神主さん。今日はどうされた」

家の奥から出てきたのは、首にタオルをかけた作業着姿の爺《じい》さん、ムラ爺。一見するとただの爺さんだが、色々なことに詳しく、頼りになる存在だ。

「実は、うちの神社の境内に古い藤の木があってですね、そいつのための藤棚を作ろうと思ってるんです」

「ふむ、藤棚ですか。風情があってよろしいですな」

「そうなんですよ。その下にベンチを置いたら、休憩場所にもなって、一石二鳥かなと」

「それで、ここに来られたということは、この村田《むらた》に手伝ってほしいということですかな」

「そうなんです！」

俺は手を顔の前で合わせてお願いした。

「ムラ爺しか頼れる人がいないんです」

「仕方ないですな。おやさしい神主さんのためとあれば、一肌脱ぎましょう」

「ありがとうございます！」

ムラ爺を味方につければ、もう完成したも同然だ。

あとは、もう少し手伝い要員を探すか。できれば、若者の手もほしいよな……。


その数日後の土曜日の午前中。

「おはようございまーす」

俺が作務衣姿で待っていると、神社の階段を勢いよくのぼってきた少年がいた。階段ダッシュ少年こと永井《ながい》くんだ。

その後に続いて、結衣《ゆい》ちゃんも現れる。

「神主さん、今度は何するんですか？」

「そこに藤の木があるんだけど、他の木に絡まっているから、藤棚をつくってあげようと思ってな」

「藤の花って、あの紫色の花の？」

「そうそう」

「藤って森でも咲くんですか？」

公園に植わってるものだと思った、との結衣ちゃんの言。永井くんもうなずいている。

「藤は日本固有の植物種じゃよ。自然にも生えておる」

ちょうど階段をのぼってきたムラ爺が、そんな解説を添える。ムラ爺は、ノコギリやスコップなど、大工道具ひとそろいを持参していた。

ちなみに、俺も昨日の間に、ホームセンターでＤＩＹ道具を購入済みだ。

「よし、それじゃあ始めよう！」

「おー！」

首にタオルをかけた作業着姿のムラ爺、作務衣姿の俺、高校ジャージを着た永井くんと結衣ちゃんの四人で、俺たちは作業にとりかかった。


四人で桜の木の下に座って、まずはどうやって藤棚を作るかの作戦会議をする。

ちなみに、花がすっかり散ったしだれ桜は、今は緑つややかな葉桜になっている。桜娘は興味津々といった様子で、幹の陰から俺たちの様子を眺めていた。

『お花はないのにお花見？』

桜娘がワクワクしたように聞いてくるから、俺は「お仕事だよ」とあんまり期待させないように伝えておく。

「神主さん。藤棚なんて、どうやって作るの？」

永井くんの当然の疑問。ちなみに俺も、藤棚を作るのは初めてだ。

「それがな、意外と簡単に作れそうなんだよ」

俺は自信満々で胸をはる。何しろ、ムラ爺と打ち合わせ済みだ。

まずは地面に図を描いて説明する。

「柱の下側の『基礎』のところは、ホームセンターで買ってきた穴あきブロックを使う。ちなみに、これは昨日買って、麓の俺の家に置いてあるから、後でここまであげるのは、永井くんと俺の仕事な」

「いい特訓になりそうですね」

聞きながら、拳《こぶし》を握って気合いを入れる永井くん。

「その間に、ムラ爺と結衣ちゃんには、穴を掘って待っててほしい」

藤の木の側には、昨日の間に地面の距離を測って、穴の位置に印をつけてあった。小さめの藤棚でいいだろうということで、四隅に柱を立てる計画だ。

「柱は、社殿を修理したときに余った木材が床下にあったから、それを使う。基礎と柱ができたら、その後は裏の竹林で竹を切ってきて、格子状にして上に載せて、完成だ！」

「ちょっと大変そうだけど、おもしろそうね！」

結衣ちゃんが手を合わせて目をキラキラさせている。監修のムラ爺は、腕組みをして、うむ、とうなずいている。

ということで、俺たちは作業にとりかかった。

スコップと鍬《くわ》を使って、ムラ爺と結衣ちゃんが穴を掘っている間に、俺と永井くんは参道の階段をたったかと駆け下りて、麓からブロックを運ぶ。

「うおっ、けっこう重いっすね」

ブロックを持ちあげて、永井くんが驚いたように声をあげる。

「十五キロはあった気がする。一個ずつ、二往復しよう」

「特訓ですね！」

さすが若者の永井くんは、軽快な足取りで階段をのぼっていく。俺はその後を、えっこらえっこら、休み休みついていった。

「ヤバい、腰にくるな、これ……」

スタートからへばる俺。それでも、なんとか二往復して運び終わる。

「穴掘りも大変ね」

基礎のブロックを埋める穴を掘っていた結衣ちゃんも、疲れたように休憩している。ムラ爺は、爺さんとは思えない体力で、黙々とスコップと鍬をふるっている。

『何この人たち』

木の枝に腰かけた椿と、その横にくっついた藤が、目をぱちくりさせて、俺たちの作業を見学していた。

「藤棚を作ってるんだよ」

藤が自由に伸びられるようにな、と説明すると、藤が『あら！』と嬉《うれ》しそうに声をあげる。

『私も解放されるのね』

椿もほっとした様子を見せる。

基礎のブロックを地面に埋め終わると、穴に木材を立てて、隙間《すきま》には水で練ったモルタルを流し込む。この辺は、ムラ爺が詳しいらしく、サクサクとやってくれる。

その辺りで昼飯時になったので、あらかじめ買ってきていたおにぎりやらサンドイッチやらを、どさりと袋に入れて出す。それと、ペットボトルのお茶にコーラ。


昼休憩が終わると、俺たちはぞろぞろと、裏の竹林に向かった。

「ここで、細めの竹を伐《き》って、運ぶんだ」

二手に分かれて、多少の危険をともなう竹を切る作業は俺とムラ爺が担当し、高校生たちには、竹の運び役をお願いする。

俺が、適当に竹を選んで切ろうとすると、背後に気配。振り返ると、背が高くてすらりとした男が立っていた。

『あんた、今度は何してるんや』

京都出身だと言う、関西弁の竹男。出会いは最悪だったが、先日和解したので、穏やかな口調だ。

「あ、ちょっと竹を何本か、拝借したく……」

俺は素早く懐《ふところ》から貢ぎ物、もとい水筒をとりだすと、竹男に渡した。中身はもちろん、高級宇治緑茶だ。竹男は『けったいなこと、しとるな』と言いつつも、貢ぎ物を受け取る。

『何に使うんや？』

「藤のための、棚をつくりたいんだ」

『ふん、それなら、その竹は止めた方がいいぞ』

「え？」

俺が手をかけていた竹を、竹男があごをしゃくって、そう忠告した。

『そいつは、まだ若いから弱い。伐るなら、こういう古いやつにしておけ』

つやつやとした緑色の竹ではなく、灰色の斑《まだら》が浮いた、くすんだ竹を指し示す。

「なるほど、アドバイス助かる」

俺は竹男に言われるままに、ノコギリで竹を切っていった。

「おお、神主さん、いい竹を選びますね」

俺の切り倒した竹を見て、ムラ爺が感心したように言うので、「たまたまですよ」とごまかした。

竹男に教えてもらったとは、ちょっと言いにくいからな。

「ところで……土砂崩れがあったんですな」

ムラ爺が、先日の雨で崩れた一角に気がついて、眉根《まゆね》にしわを寄せた。

「そうなんですよ。この間の雨で……古い木も倒れてしまって」

「地盤がゆるんどるんですな。竹や植林地が増えると、山は崩れやすくなりますが……まさか、この白水山にまでその影響が出ているとは」

「……やっぱり、おかしいですよね」

「心配ですな」

ムラ爺の言葉で、俺は改めて危機感を意識した。

それもこれも、死んでしまったとされる、山の神の影響なんだろうか。


竹を切り終わると、みんなで協力して、針金で適当な格子状に組み上げていく。

夕方には、作業はほぼすべて終わった。

「よし、あとは明日モルタルが固まったら、格子を柱の上にのせて終わりだ！」

翌日の午後、もう一回集まってもらって、みんなで柱の上に格子を載せ、柱の間に斜めの棒を渡して補強し、ＤＩＹ藤棚は完成した。


「やったー、完成ね！」

「案外、自分たちでできるもんなんすね！」

「みんな、ありがとうな！」

俺はできあがったばかりの藤棚に、藤のつるを誘導した。

「さ、お前は椿から離れてくれな」

藤のつるを椿から引き離して、藤棚の上にはわせる。藤は素直に、新しい棚の上につるを伸ばした。

藤の重みでしなっていた椿が、今は十分な日の光を浴びて、藤ものびのびと自由なスペースを得て、それぞれご満悦そうだった。

『ああ、やっとお日様を浴びられるのね』

重くて肩が凝ったわ、と椿が空に向かって腕を伸ばした。

『今度もまた、助けてもらっちゃったわね』

椿はちょっと照れくさそうに、もじもじしながら、俺の顔を見上げる。

「ま、いずれ必要だったことだよ」

『ありがとう』

椿は赤い唇をゆるめて、花が咲くようににっこり笑った。

その笑顔につられて、俺も頭をかいてへらっと笑う。植物の精とはいえ、女の子の笑顔には破壊力があるな……。

一方の藤娘はというと、藤棚の上で手足を伸ばして寝転がっている。

『なかなか、快適～』

こちらは自由気ままで、素直にお礼なんて言ってくれないが、それでも満足そうだ。


さらに、ムラ爺が余った木と竹で、小さなベンチを手作りしてくれたので、藤棚の下に設置した。

「なんだか、いい感じの休憩場所になったぞ」

腰に手をあてて新設の藤棚を眺め、我ながら、自分たちの仕事に満足した。

やればできるもんだな。金さえあれば、人を雇って作ってもらって終わりだが、うちは収入の少ない零細神社だから、設備投資が難しいのだ。

だけど、ムラ爺のアドバイスと、手伝ってくれた高校生たちのお陰で、無事に完成した。

持つべきものは、知恵と仲間である。うん。

春の間は、しだれ桜の下を定番の休憩場所にしていたが、夏になると直射日光が当たって暑いだろうなと、少々心配していたところだった。藤がいい感じに伸びてくれたら、自然の木陰ができるだろう。

「ちょっとずつだが、うちの神社も整ってきているな」

「それもこれも、神主さんのおかげじゃな」

ムラ爺がうむうむと、同意してくれる。

相変わらず、参拝者で賑《にぎ》わっているとはいいがたいが、それでも、以前に比べると訪れる人が増えている実感はあった。毎日境内をお清めし、少しずつだが設備を整え、ＳＮＳでもマメに発信し、地元の人と交流してと、地道な活動のおかげだろう。

今も、年配の女性ふたりが、山登りの格好で鳥居をくぐったところだった。

横目で見ていると、お参りを終えた女性ふたりは、さっそく藤棚の下のベンチに腰かけて、休憩している。

よしよし。やっぱり、休憩場所は必要だったんだな。

手伝ってくれたみんなが帰った後、俺は夕方のお勤めのために、拝殿に向かった。

二拝二拍手一拝で、心をこめて丁寧にお参りした後、俺はお白様に呼びかける。

「お白様、お白様」

『……なんだ』

お白様がすうっと賽銭《さいせん》箱の上に姿を現した。

「お伺いしたいことがあります」

俺は地面に膝をつくと、両手をそろえて畏《かしこ》まり、真剣な声でたずねた。

「山の神のことです。かつてこの地におわした山の神の影響で、山に異変が起こっているようなんです。お白様はきっと、何かご存知に違いないと」

お白様は赤い目を細めると、ちろちろと舌を出し入れした。

『おぬしはなぜ、我らが存在するか、考えたことがあるか』

唐突な問いかけに、俺は口ごもる。

なぜって……自然の大いなる力が顕現したのが、八百万の神々なんじゃないだろうか。

『ふん。それも間違いではないが』

「……まだ何も言っていません」

『おぬしの考えなぞ、お見通しよ』

どうやらお白様は、俺の心を読んだみたいだ。さすがご祭神《さいじん》。

「他にも理由があるのですか」

俺の質問には答えず、お白様は水のようにひんやりとした視線を向けてくる。

神は兆しや導きを与えてはくれるが、答えはくれない。そういうものだとわかっていたから、俺は黙ってお白様の言葉を待った。

『人に忘れられたとき、われらは消え去る』

お白様は目を細めてつぶやくと、すうっと姿を消した。

第九話　沖縄旅行と古い記憶《きおく》

藤棚づくりが終わった翌日は、見事に筋肉痛になった。

思いのほか疲れもたまっているのか、朝、ベッドから起き上がるのも億劫だった。

「さすがに、働きすぎかな……」

ブラック企業勤めの癖《くせ》が抜けないのか、この一か月まとまった休みをとっていなかったことに、今さらながら気がつく。会社の命令ではなく、自分の意思でそうしているところが、大きな違いではあるが。

「フリーランスだし、いつ休んでもいいはずだよな」

スマホのカレンダーをにらみながら、俺《おれ》は神主になって初めて、少し長めの休みをとることにした。

世間はついこの間までゴールデンウィークだったらしいが、勤め人ではない俺には関係ない。

思い立ったが吉日と、平日のどまんなかで旅行の手配をした。

行き先は――妹が住んでいて、両親まで移住していった先の、沖縄である。

前から、いずれ落ち着いたら行こうと思っていたが、今がそのときだという気がした。

何より……両親にも聞きたいことがあった。

「お白様、留守中はよろしくお願いします」

出発する前日、神社にお参りすると、うちのご祭神《さいじん》に、数日不在にすることを伝えた。例のごとく、賽銭《さいせん》箱の上でとぐろを巻いた白蛇は、舌をちろちろさせた。

『珍しい酒を献上するのだぞ』

「はいはい。泡盛を買ってきますよ」

俺は酒好きのお白様にお土産を約束して、沖縄に飛び立った。


飛行機から見下ろす沖縄の海は、絵に描いたような美しいグリーンブルーだった。

実はこれが初沖縄の俺。ついでに言えば、前職がブラック企業だったせいで、旅行も数年ぶりだ。年甲斐《としがい》もなく、ワクワクしてしまう。

飛行機から降り立つと、空気がふわっと暖かく感じた。さすが南国。なんというか、風の匂《にお》いも違うように感じるのは気のせいかな。空港から那覇市内へ向かうモノレールから見下ろす街の雰囲気も、そこはかとなく南国だ。街路樹がヤシの木なのが、まず違うよな。

沖縄に棲まう八百万《やおよろず》の神々って、どんな姿なんだろうか……。というか、沖縄でメジャーな宗教ってなんだろう？　仏教？　神道？　俺は職業柄、まずそこが気になってしまった。

市内に着くと、とりあえず観光の王道・国際通りをぶらぶらする。

「おお、あれが噂《うわさ》のシーサーか！」

屋根の上に、沖縄の家の守り神だという獅子像《しし》「シーサー」を発見して、テンションがあがる俺。

「どこかに、古くて力を宿したやつがいないかな……」

こっそり期待して眺めるも、それらしきものは発見できなかった。まあ、こんな街中には、そうそういないか。首里城みたいな特別な場所なら、あるいは違うかもしれないな。

「やっぱ沖縄そばかな。でも、てびちもうまそうだなー」

昼時になると、その辺の食堂で腹ごしらえをする。食堂の気さくなおばちゃんに勧められて、悩んだ末に、そばと豚足煮込み「てびち」の両方をいただく。

ああ、豚足の皮のぷるぷるがたまらんな。

腹が膨れると、再びモノレールに乗って、首里城へ。

「あれが守礼門か。朱《あか》いな……」

色の鮮やかさが、琉球《りゅうきゅう》独特の色彩を感じさせる。朱色の守礼門をくぐって歩いていくと、道を少しはずれたところに池があって、その真ん中に弁財天堂があるのを見つけた。

「こんなところにも、弁天様が」

沖縄にも弁天様がいるんだな。

弁天様は日本全国でお祀《まつ》りされていて、さぞや大忙しであろうと想像する。元々、ヒンドゥー教の神様がルーツだというし、なんなら世界中で崇《あが》められているのかもしれない。

体がいくつあっても足りなさそうだな……。いや、神様には体がないから関係ないか。

俺は弁財天堂に参拝して「いつもお世話になっております」とご挨拶《あいさつ》しておく。

お参りを終えると、俺は正規ルートに戻って、首里城の正殿へと向かった。途中、重厚な石垣に設けられた門の脇《わき》では、シーサーが二頭、門を守っていた。

「ここのシーサーなら、もしかしたら……」

俺は写真を撮るふりをして、シーサーたちに近づいたが、彼らはうんともすんとも言わない。

ちょっと期待していた俺はがっかりする。

観光地すぎて、ここには何もいないのかもしれないな。


ひとしきり観光した後、俺は妹の加奈《かな》が迎えに来てくれた車に乗り込んで、妹と両親の住む那覇市郊外の家に向かった。

「なあ、沖縄にもやっぱりいるのか？」

お互いの近況などを報告し合った後に、俺は気になっていたことを聞いてみる。

妹の加奈は、俺以上にいわゆる霊感が強くて、色々と見えるタイプだったから。妹は運転しながら、ちらりと俺の顔を見た。

「いるわよ。環境が違うからか、うちの地元の子らとは、ちょっと違うけど」

「やっぱりどこにでもいるか……」

「沖縄ならではの『見える人』もいるしね。ユタっていうんだけど」

「へえ〜」

道路脇の畑には、細長い葉っぱがわさわさと伸びた作物が植えられていて、何かと思えば「サトウキビ」だという。知らなかったが、サトウキビってでかいんだな。人の背よりも高い。

俺がぼんやりと窓の外に広がる沖縄の風景を眺めていると、妹が思い出したように言った。

「あ、そういえば、うちにもいるわよ」

「え、まじで？」

妹はハンドルを握りながら、物憂げな表情を浮かべている。

これは、心して向かったほうがいいな。折しも、古そうな平屋の一軒家が見えてきて、俺は気を引き締めた。


妹夫婦が住んでいるのは、那覇市郊外の一軒家の借家。古めだがその分家賃もお安くて、広い庭までついた物件だ。

妹の旦那も沖縄の人というわけではなく、仕事でこちらに住んでいるそうだ。沖縄の海や森の生態調査が仕事らしく、頻繁に出張にいって家にいないことも多いから、ワンオペ育児になりそうだった加奈が、サポートに両親を召喚した、という次第。

沖縄移住に憧《あこが》れていたうちの親にとっても、願ってもない話だったに違いない。久しぶりに会った両親は顔色もよく、沖縄生活を満喫しているようだった。

夕食までには時間があるというので、俺は家の周辺をぶらぶら探索した。

家の塀にはピンクや白のブーゲンビリアの花が咲いていて、目にも鮮やかだ。赤いハイビスカスも派手だし、南国の花の精はきっと、目立ちたがりに違いない。白水神社《はくすいじんじゃ》から遠く離れると、ご祭神の加護が薄れるからか、俺の「見る力」は弱まってしまって、彼らの姿をとらえられないのが、このときばかりは残念だった。

家の裏に回ったとき、俺は奇妙な木を見つけて目を見開いた。

「なんだ、あの不気味な木は」

そこには、まるで巨大な幽霊のような木が生えていた。細長いつるのような、根のようなものが幹に絡《から》まり、枝からも垂れ下がり、おどろおどろしい。何百年生きているのだろうか。幹は大人が三人いても、抱えられなさそうな太さだった。

「これ、絶対にいるよな……」

古い木が持つ独特の空気を感じる。背後に誰《だれ》かがいる気がして、思わず振り返る。だが、何も見えない。

そのとき、首筋に冷たいものを感じて、俺は飛び上がった。

「うわっ！」

あわてて首を払うと、手に触れたのは枯れ葉が一枚。枯れてもなおつやつやとして、分厚い葉だ。間違いなく、この木の葉だろう。

「おどかしやがって……」

話しかけられているよな、間違いなく。こいつは何を言っているのだろうか。わからないのがもどかしい。

「どうも、お初にお目にかかります。二晩だけ、お世話になりますよ」

俺は根と枝の絡《から》まりあった古木を見上げて、とりあえずそう話しかけた。

だが返事はない。……ちょっと虚《むな》しい。

「そいつは、ガジュマルと言うそうだ」

声に振り返ると、親父《おやじ》がゆっくりと歩いてくるところだった。俺の隣に立つと、奇妙な姿をした木を見上げる。

「いるよな、絶対」

俺が話しかけると、親父はうなずいた。

「だろうな」

「親父は見えるのか?」

「いいや、残念ながら」

「そっか……」

夕飯だぞ、と親父に言われて、俺は「ガジュマル」という木のことが気になりつつも、一旦《いったん》家に戻った。

夕食には、豚バラの薄切り肉とたっぷりの野菜の豚しゃぶを、シークワーサーを使ったポン酢でいただいた。

ああ、豚の脂の甘みとポン酢のさわやかさのコンビネーションがたまらん。

「これはね、琉球豚のお肉なのよ。アグーっていうんだって」

おいしいよねえ、と妹がまだ幼い甥《おい》っ子を膝《ひざ》に抱えながら、そう解説する。甥はちょうど二歳になったころで、早くもご飯に飽きて、スプーンで遊ぶことに夢中だ。

「なあ、そういえばさ。裏の木のことなんだけど」

俺が飯の合間にそう訊《たず》ねると、妹の加奈はぴくりと眉《まゆ》をあげた。

「お兄ちゃん、見た？」

「見たけど、見えない」

「私は引っ越してきたころ、見たよ」

そんな会話が当たり前のように交わされるのが、山宮《やまみや》家の食卓だ。やっぱりちょっと変わっているのかもしれないと、改めて思ったりする。

「あの木の精霊のことを、こっちの人は、キジムナーって呼ぶんだって」

「へえ、名前もあるんだな。あの木はよほど、力を宿しやすい種類なんだな」

たぶん、見えない普通の人でも、あの木には何かいると、感じるのだろう。

「でも、今は滅多に出ない、と思う」

「どういうことだ？」

「近所のユタにお願いして、出ないようにしてもらったの」

加奈はそう説明した。ユタというのは、沖縄のシャーマンというか霊媒師というか、そういった感じの人らしい。

「出ないように、とは？」

「だって、夜寝られなかったんだもの」

どうやら、何かしらの方法で、木の精を封じ込めた、ということのようだった。……そんなことをして、大丈夫なのだろうか。自然に宿るものたちは、基本的に自由で、気ままで、悪気はないことがほとんどだ。だけど、害するものに対しては、手ひどいしっぺ返しを食わすことがあるから。


その夜、用意してもらった寝室のベッドで眠っていたとき。

真夜中にふと目が覚めた。

半開きの部屋の扉のところに、何かがいる気がする。身体を動かそうとするが、まるで縛り付けられたように動けない。

「な、なんだ……」

何者かが、すーっと部屋の中に入ってきて、ベッドの横で立ち止まったかと思うと、胸の上にずしっと重みがかかって息ができなくなる。振り払おうともがくが、身体が動かない。俺は混乱と恐怖に囚《とら》われ叫ぼうとするも、声すら出ない。

『痛い、痛いの……』

耳元で声がする。痛い、痛いと繰り返す。俺は必死でもがいた。

やがて、どすんと背中に痛みが走って、ぱちんと縄が切れたように身体が軽くなった。影がすうっと部屋を出ていくのが見えた気がした。

気がつくと、俺はベッドから落ちて冷たい床で寝ていた。体が動くようになっている。どっと冷や汗が出て、心臓がバクバク鳴っていた。

「今のはなんだ……?」

金縛りにあっていたようだった。それに、あの影と声。

再びベッドに横になったが、その後はほとんど眠れずに一夜を過ごした。

翌朝、窓の外が白んできたころ、俺はのそのそとベッドから抜け出した。まだ眠っている家族を起こさないように、そっと家の外へ出る。

空は薄く色づき、東の方を見ると、オレンジ色の日の出の兆しが見えた。南国の沖縄でも、明け方はさすがに少し、空気がひんやりとした。腕を伸ばしてこわばった体をほぐすと、首を回して、寝不足の頭をしゃっきりさせようとする。ああ、体が重い。

俺は家の裏に回って、ガジュマルの木のところへ向かった。昨日の夜の「あいつ」は、なんとなくこいつだと思ったのだ。

「キジムナーだっけ?」

何かを俺に訴えかけていたようだった。痛い、痛い、と。それは、妹の加奈が言っていた、「出ないようにした」のと、関係があるんじゃないか、という気がする。

「こういうのを放っておくと、よくないんだよな……」

八百万のものたちとは、できるだけ仲良くしたほうがよい、というのが俺の主義だ。特に経験上、木の精で悪いやつはいない。というか、良い・悪いなんて世界では生きていないんだと思う。

怖いのは、死んだ人の霊とか、そっち系だ。

俺はガジュマルの幹にそっと手を触れて、その温《ぬく》もりを感じようとした。生きている木は、よく感じれば、ほのかに温かいものだ。うねうねした幹や、絡まりあった根を丹念に調べていくと、幹の真ん中に、太い釘《くぎ》がささっているのを見つけた。

「もしかしてこれが、キジムナーを押さえ込んでいるのか……？」

痛いと言っていたのは、この刺さっている釘のことだったのかもしれないな。

試しに指で引っ張ってみるが、さすがに手では抜けそうになかった。それに、今抜いたら、怒りにかられた木の精が何をするかわからない。

策を練った方がいいな。今夜はなんとしても、よく眠れるようにしなければ。


「昨日の夜、金縛りにあったんだけど」

俺が加奈に報告すると、妹は「やっぱり？」と予期していたように言う。

「お兄ちゃん木の精に好かれやすいし、キジムナーが頑張って出てくるかもなーと思ってた」

こら。わかってたなら、教えてくれよ。びびったじゃないか。

「あの釘、抜いてやったほうがいいんじゃないか。あれが、『出ないようにした』ものなんだろ？」

俺が言うと、加奈は顔を曇らせた。

「だって、またしょっちゅう出るようになったら、嫌だもの」

「だけど、痛がってたぞ」

話を聞いていた幼い甥っ子が、心配そうに加奈の顔を見上げた。

「痛いの？」

加奈は答えられずにいる。

「無理やり押さえるよりは、仲良くしたほうがいいと、俺は思うがな」

「そりゃ、お兄ちゃんは仲良くできるんだろうけど」

俺が説得しようとしても、加奈は首を縦に振らない。子どものころ、「人ならざるもの」のせいで色々と怖い目にもあったことがあって、軽くトラウマになっているのかもしれないな。

「じゃあ、俺が夜中には出ないように言うからさ。試しに話してみてもいいか？」

「そんなこと、できるの？」

加奈は半信半疑だ。

「俺、一応神職なんだけど」

「……昔はお兄ちゃんも、逃げていたくせに」

妹は遠慮なく突っ込んでくる。

「今は違うんだよ。なんとかするから」

「わかった。そんなに言うなら、任せるよ」

加奈はまだ疑いの残る表情ではあったが、俺の好きなようにしたらいいと言ってくれた。

さて。妹の前で格好つけて「なんとかする」と言ったものの。

俺に何か策があるわけではなかった。

「これは下調べが必要だな……」

わからないことは、聞くに限る。これは、俺が田舎にUターンをして、神主になってから得た極意だ。郷《ごう》に入っては郷に従え。地元のことは、地元の人に聞く。

ということで、その日の昼間、また那覇市内に繰り出して、あちこちの人から情報収集をした。土産物屋のおっちゃんに、食堂のおばちゃん。商店街のばあさん。特に年配の人を狙《ねら》って、「キジムナー」について聞いて回ること半日。


「あれ、意外とうまくいかないな……」

キジムナーの名を知っている人は多かったが、詳しい話となると、いまいち要領を得ないのだ。

あちこち歩きまわって、ついには漁港にまでやってきた。

「いや、木のことを聞くのに、漁港に来ても仕方ないか……」

ブルーグリーンの海を眺めながら、ぼんやりとする俺。近くにつながれた小舟では、白髪頭の男がひとり、何やら作業をしていた。

ええい、ダメもとだ。とりあえず聞いてみよう。

「あのー。キジムナーって、ご存知ですか?」

「ん？　キジムナーがどうした？」

男は作業する手を止めて、親切に俺の話に付き合ってくれる。

「いえ、ちょっと興味があって、話を聞きたくてですね」

「キジムナーは、漁師にとっては友だちだな」

「え⁉　木の精が？」

意外な話が飛び出して、期待していなかった俺は、急に前のめりになった。

「ぜひ、もう少し詳しく教えていただきたく」

「キジムナーは魚が好きでな、仲良くなれば、漁を手伝ってくれるという」

「へえ〜、そうなんですね」

ふむふむ。これは新情報だ。

「もしかして、キジムナーは魚を食べますか？」

「そうさな、魚の目玉が好きだと言うな」

「おお、なるほど」

ひとしきり話を聞いてから、俺は男に礼を言って港を後にした。

よし、これでなんとかなりそうだぞ。さっそく今夜の用意をしなければ。


俺は妹の家に帰ってくると、バーベキューコンロを借りてきて、ガジュマルの下で炭に火をおこした。市場で買ってきた魚を二匹ほど、網にのせて炭火焼きにする。うちわでパタパタとあおぐと、煙が夕空に立ち上り、魚の焼けるいい匂いが辺りに漂った。

「義兄さん、何してるんですか？」

ちょうど今朝《けさ》、出張から帰ってきた加奈の夫が、魚をひっくり返している俺のところにやってきた。

義弟は海や森など、野外で調査をしているからか、いつ見ても浅黒く日焼けをしている。インドア派の俺とは真逆だ。

「ちょっとな、この木の精にお供えを」

「木の精？　キジムナーですか？」

「おお、お前も知っているのか」

「あちこちで調査をしていると、地元の人から妖怪話とか、民話とかを聞く機会が多いんですよ」

「へえ、そうなんだな」

義弟の仕事内容はよくわからないが、おもしろそうな仕事をしていると思う。

「加奈は怖がりだから、キジムナーについても色々、言ってましたね。そういえば」

「その件でな。ちょっとお詫《わ》びを申し上げたほうがいいかなと思って」

俺がガジュマルの木を見上げて大真面目《まじめ》にそう言うと、義弟は目をぱちぱちさせた。

「まあ、お祓《はら》いみたいなものだ」

「そっか、義兄さんは神主になったんでしたね」

「おう。うっかり、勢いで」

「ITエンジニアの仕事は辞めたんですか？」

「会社は辞めた。今はフリーで仕事受けている」

「うわ、理想的ですね。神主兼エンジニアとか、おもしろすぎる」

この義弟は基本がおもしろがりで、見える人ではないが、俺や加奈がそういう話をしていても、

「そういう人もいるんですね」と普通に受け入れてくれる、稀有《けう》な人材なのだ。

「せっかく火をおこしたなら、ついでにバーベキューしましょうよ」

義弟はノリノリで、庭にテーブルと椅子《いす》を引っ張り出して、肉やら野菜やら並べだした。

日が落ちてきて、家族がバーベキューでわいわいやっているのを傍目《はため》に、俺はガジュマルへの「貢ぎ物」を用意した。

焼いた魚に、土産に持ってきた俺の地元の酒、お菓子、果物などを盆にのせ、ガジュマルの木の下に供える。ろうそくに火を灯《とも》すと、その隣に立てた。

「うちの妹が、大変申し訳ないことをしました。どうか、この品々をお納めください」

俺は口の中でそうつぶやくと、二拝してから、祝詞《のりと》を奏上した。

「掛けまくも畏《かしこ》き　古木の大前に　恐《かしこ》み恐《かしこ》みも白《もう》さく
諸々《もろもろ》の禍事《まがごと》　罪　穢《けがれ》も　有らむをば
祓へ給《たま》ひ　清め給へと
拝仕奉る　明き浄き直き正しき真心を

御心《みこころ》も平穏に聞しめせと　恐み恐みも白す」

それから、義弟に借りてきた釘抜きを取り出すと、幹に刺さった釘を引き抜きにかかる。

「けっこう頑固に、刺さってるな……」

途中で折れたらどうしようと不安だったが、四苦八苦の末、なんとか引き抜いた。釘の刺さっていた穴からは、まるで血のように白い乳液が流れ出した。

うん。これは痛かったことだろう。


「肉焼けてますよー」

義弟がのんびりと俺を呼ぶ。

「おう、終わったし食うよ」

幹と枝の絡まりあったガジュマルの下、一家でバーベキューを楽しんだ。

焼いた豚バラも、地元産の野菜もうまい。

「よかったら、お前も一緒に楽しんでくれよ」

姿の見えないガジュマルの精に向かって、俺はひとりそう話しかけた。

「お前は相変わらず、人ではないものにも、やさしいな」

親父が泡盛のグラスを傾《かし》けながら、感心したようにつぶやいた。

「あの神社にいると、そうならざるを得ないだろ」

四六時中絡んでいると、慣れるってものだ。それに、八百万のものたちに悪意はない。ただちょっと、ややこしかったり、自由気まますぎたりするだけで。

「お前は子どものころから、誰よりも森のものに好かれていた」

「俺はそれが嫌で、逃げていた気がするけどな」

少なくとも、中学にあがったころには、あまり神社のものたちとは、関《かか》わりあいにならないようにしていた。

「だが結局戻ってきたのは、因果だな」

「腐れ縁だよ」

「お白様に呼ばれたのだろう」

親父はまじめな口調でそう言った。

「森のものに好かれるのは、あの山の神様に気に入られたということだろうからな」

山の神様、という言葉に俺はどきっとした。親父はきっと、特に深い意味はなく口にしたのだと思うが……。甘夏婆《ばあ》さんから聞いた、山に棲まう古い狼《おおかみ》の話を思い出す。

「あのさ、親父。うちの山に、狼っている？」

俺は焼けた肉を皿にとりながら、さりげなく聞いた。

「いや、狼はとうの昔に絶滅しただろう。イノシシや熊ならいるだろうが」

「そっか……」

俺が落胆しかけたとき、バーベキューの網に野菜を並べていたおふくろが、懐かしむように横から口をはさんだ。

「狼のことを聞くなんて、昔を思い出すわね」

「……なんの話？」

「翔太《しょうた》が小さいころ、森で迷子になったことがあったでしょう」

「……そうだっけ」

前にお白様にもそんなことを言われたが、自分ではあまり覚えていないのだ。ただ断片的に、そんなできごとがあった気がするだけで。

「おお、そうだったな」

親父も思い当たったのか、おふくろの話を引き取って続けた。

「遊んでいて道に迷ったか、夜になっても帰ってこないので、随分と心配したものだが……結局、真夜中にひとりで夜の森を歩いて、神社まで戻ってきた」

夜の森という言葉で、脳裏にかすかな記憶がよみがえってきた。

影のような森に取り囲まれて、明るい月を見上げたときの光景が浮かぶ。

「そのときお前は、誰かが迎えに来てくれたと言ったんだよな」

俺は食べかけの肉を皿に戻して、両親の顔を見返した。

どきどきと、心臓の鼓動が速まってくる。思い出せそうで思い出せない、遠い記憶。

ふっと、いつか見た夢を思い出した。

暗い森の中、金色に光る双眸《そうぼう》。

後もう少し、そこまで来ているのに、はっきりと思い出せないことに、俺は苛立《いらだ》った。

「なあっ、その話、もっと詳しく教えてくれないか！」

俺が身を乗り出してそう訴えると、両親は剣幕《けんまく》に押されたように、顔を見合わせた。

「あのとき、朝になったら捜索願を出そうと、本気で相談していたわよね」

おふくろが、思い出そうとするように、ゆっくりとした口調で話を続けた。

「戻ってきた翔太は『金色の目の犬に会った』って言い張ったのよ。でも、私たちは誰も、そんな犬に心当たりがなくて」

親父も同調するようにうなずいた。

「だからわしらは、『送り狼』だったんじゃないかと話したものだ。もちろん、本物の狼はその前にも後にも、一度も目撃されていないがな。お前のことだから、きっと狼の姿をした『森のもの』に出会ったんだろう」

「あの後しばらく、翔太は、森に行っては『金の目の犬』を探していたわよね。また会う約束をしたからって」

「また会う約束……」

ふたりの言葉が、ゆっくりと俺の中に沈んでいった。

代わりに、記憶の破片が浮かび上がってくる。

＊＊＊

暗い森の中、月明かりを反射する金色の目。

『迷ったか』

温かみのある声が響き、帰り道がわからず泣いていた俺の腕に、やわらかい毛並みが触れた。

「……だれ？」

問いかけるも答えはない。ただ、腕に触れる毛並みが温かくて、俺はほっとして顔をうずめた。

獣臭さはなく、かすかな森の匂いが鼻をくすぐる。

『われを怖《おそ》れぬのじゃな』

獣が意外そうにつぶやいた。

「だって、やさしそうな声だから」

鼻をすってそう答えると、獣の喉《のど》の奥から、笑い声のような音が聞こえた。

『送ってやろう』

立ち上がると、獣の背はちょうど、俺の腰くらいの高さだった。少し大きな犬くらい。暗い森でも見失わぬよう、獣の毛並みに触れながら、道なき道を歩いた。

歩きながら、俺と獣はぽつぽつと話をした。

「今日はね、キノコのカサをさした小さい人がいて、追いかけてたらね、道がわからなくなっちゃったの」

『おぬしは、よき目と心を持っているな』

獣がくつくつと含み笑いをもらしてそう言った。

「どうして？」

『われらの姿が見え、声が聞こえる』

「……それって、普通じゃないの？」

友だちにも奇妙がられたことがあるから……俺は不安になってそうたずねた。

獣はやさしい声で答えた。

『よきことじゃ』

「……そうなの？」

獣の言葉はよくわからなかったが、褒められたらしいということは理解して……俺は少しだけ、誇らしい気持ちになった。

しばらく歩くと、鬱蒼《うっそう》とした森の中に、細長い竹が交じりはじめた。

ふと見やれば、竹林の中に背の高い男が立っている。

男は、獣と俺が歩いてくるのを見て、まっすぐに背をのばし、きれいなお辞儀をした。

『久方ぶりです……その子どもは？』

『迷っているのを見つけた。珍しく、われらの声が聞こえる』

『なるほど……稀有なことで』

「このわんちゃんが、助けてくれたんだよ」

俺が無邪気にそう言うと、金の目の獣はくつくつと笑い、男は思い切り眉間にしわを寄せた。

『わんちゃんやと……なめとるんか』

『いい。われは気にせん』

「え、どうしたの？」

俺がきょとんとして首を傾げると、獣は口を開いてにやりと笑った。男もからからと声をあげて笑っている。つられて俺も「えへへ」と照れ笑いをした。

竹林の男に見送られてさらに歩みを続けると、やがて、遠くに明かりが見えてきて、見慣れたお社の屋根が、木々の向こうに見えた。

帰ってきたことにほっとして、そちらへ駆けだそうとするも——先導してくれた獣は動かない。

俺はあわてて立ち止まって、獣を振り返る。

「行かないの？」

『ここで、十分じゃろう』

かすかな明かりの元で、足をそろえて座る灰色の犬のような姿が、おぼろげながら見えた。

「ねえ、一緒に行こうよ」

別れたくなくて、手を差し伸べてそんなふうに誘うと、金色の目がおかしそうに瞬きした。

『またいずれな』

「……いずれって、いつ？」

『……おぬしが、再びわれを見出《みいだ》したとき』

意味深な言葉を残して、獣はくるりと踵《きびす》を返すと、森の陰に音もなく消えていった。

＊＊＊

「……思い出した」

俺は手のひらを目元にあてて、遠い記憶をたどった。

そういえば、あの後俺は、もう一度あの「金の目の犬」に会えないかと、何度も森の中を探したんだっけ。結局、出会えずじまいだったけれど……。

そのうちに、見えることを友だちに気味悪がられることが続いて、人ならざるものを避けるようになって……その獣のことも忘れてしまったのだ。

「もしかして、あれは、山の神だったのでは」

直感的に、そうだと思った。森で迷った子どもを助けた獣は、ただの獣ではなかった。山を守る古い狼。ならば、俺はすでに山の神と出会っていたのだ。

「なるほど、竹野郎が怒るわけだな……」

恩義があるのに、またいずれ会うと予見までされていたのに。すっかり忘れていたとなると、恨まれても仕方ないかもな……。俺はひとり呆《あき》れて苦笑した。

でもじゃあ、今、山の神はどこに行ってしまったんだろうか？

親父にも聞いてみたが、山の神は古い伝承で残っているだけで、うちの神社でも祀られていないらしい。

過去の記憶は思い出したものの、結局はっきりとしたことはわからなかった。


沖縄で最後の夜。ベッドで眠っていると、また真夜中に目が覚めた。

かたわらに、子どものような影が立っている。赤っぽいぼさぼさの髪で、手には木の枝にさした魚の目玉を持っていた。

『にふぇーど』

子どもはそう言ったようだった。俺にその言葉の意味はわからなかったが、子どもがにっと笑ったので、きっと喜んでいるんだな、と感じた。

「仲良くしてやってくれな」

俺は半分眠ったまま、そう言った。

『魚、ときどきちょうだいね』

「わかった、加奈に言っとく」

そのまま、俺はまた眠ってしまったようで、その後のことは、あまり覚えていない。

翌朝目が覚めて、ガジュマルの木を見に行くと、昨日供えた焼き魚は、目玉だけきれいにくり抜かれてなくなっていた。

「昨夜の子どもは、やっぱりキジムナーだったんだな」

たぶん、許してくれたみたいで、よかった。
加奈には、ときどき魚の頭をお供えするように言っておこう。
こうして俺の短い沖縄旅行は、ガジュマルの精と古い記憶とともに、終わりを告げた。

第十話　山の神との再会

夜の香りが際《きわ》だつ暗い森の中。

「一緒にいこう」

誘った俺《おれ》に対して、金の目の狼《おおかみ》は言った。

『またいずれな』

いずれ、とは一体いつなのか。

『……おぬしが、再びわれを見出《みいだ》したとき』

じゃあ、どうやってかの狼を見出せばいいのか。

その答えは誰《だれ》も知らない。

＊＊＊

「あのとき、どの辺りで迷ったんだったかな……」

俺は神社の境内《けいだい》でほうきを動かしながら、ぶつぶつとひとりごとを言った。

実は、幼いころに山の神と相まみえていた——沖縄でその事実を知ってから、俺はなんとか、その当時のことを思い出そうとしていた。白水山の地図を眺めてみたりもしたが、なんといっても二十年前のこと、正確なことは何もわからない。

「少なくともあの時は、確かに山の神が、存在していたってことだよな」

二十年前に、俺が狼に助けられたのは、神の最期の残像だったのか。

無邪気な子どもの心があったからこそ見えた、偶然だったのか。

「こんな広い山の中で、見つかる気がしないよな……」

そもそも、狼はとうの昔に絶滅したという。甘夏婆《ばあ》さんも、山の神は死んだと言っていた。

やはり、あのときの狼と再び出会うことは、かなわないのか……。

そう思うと、悲しいような、やるせないような気持ちになって、俺は立ち尽くした。


「神主さん、こっちの掃除は終わったよ……神主さん？」

考え込んでいた俺は、最初、結衣《ゆい》ちゃんに話しかけられているのに気づかなかった。ぼうっとして、知らぬ間に手も止まっていた。

「あ、ああ。早いな、ありがとう」

「神主さん、サボり？」

結衣ちゃんが両手を腰にあてて、ダメじゃない、と呆《あき》れ顔。俺はあわてて箒《ほうき》を握りなおした。

「いや、サボりではなく、ちょっと考え事を……」

言い訳をする俺。どっちが雇い主なんだか。

今は土曜日の午前中。巫女《みこ》見習いの結衣ちゃんが、アルバイトとして神社のご奉仕を手伝ってくれる日だった。

結衣ちゃんは、黒髪に赤いメッシュが入った相変わらずの容姿だが、緋袴《ひばかま》の着付けにもすっかり慣れて、巫女らしくなっていた。最初は、高校生の気まぐれ……と思っていたが、まじめに働いてくれている。


「あっち側の掃除は終わったよ」

結衣ちゃんが境内の反対側を指さしてそう言った。

「じゃあ、ここを一緒に掃こうか」

「すごく落ち葉が多いのね」

結衣ちゃんはご神木の周りを見回して、首を傾《かし》げた。

「……確かに」

ぼうっとしていた俺は、その奇妙さに気づいていなかったが……一か所に集めた落ち葉の山を見たとき、普通ではないことに気がつく。

「……落ち葉の量が尋常じゃないな」

完全に茶色く枯れた葉だけではなくて、まだ緑色の残った葉も多い。

葉の表はつやつやした緑で、縁はぎざぎざしていて、裏側が白っぽいのが、ご神木の葉っぱの特徴だ。落ち葉の間には、古いどんぐりも混じっている。

ご神木の梢《こずえ》を見上げると……なんだか全体的に、茶色っぽくなっている気がした。

「おかしいな……もしかして、葉が枯れている？」

春が深まり、山の緑は日々濃くなってきているというのに……。

目を凝らせば、ご神木の根元に、人影が浮かび上がってきた。

半白の長い髪に、中性的な顔立ちの男性。焦茶《こげちゃ》色の絣《かすり》の着物をまとい——ぐったりとしたように、地面に横たわっている。いつもは静かに黙想をしているのに。

「ど、どうしたんだ⁉」

俺があわてて駆け寄って膝《ひざ》をつくと、男はうっすらとまぶたを開いて俺の顔を見た後、また目を閉じた。

『地脈を流れる気が弱い……』

「ま、まさか、病気⁉」

神社のご神木が弱っているなんて一大事だ。縁起でもない。

「えっ、ご神木の具合が悪いの？」

主《あるじ》の姿は見えていないものの、結衣ちゃんも心配そうに、ご神木の梢を見上げている。

気がつけば、ご神木の主のかたわらに、お白様の姿があった。チロチロと舌を出し入れし、ぐったりしている男の顔をのぞきこむと、いつになく深刻な声でつぶやいた。

『いよいよ、山の力が衰えている』

「一体、どうすればよいのでしょうか。それも、山の神が死んでしまったからですか？」

俺がそう問いかけると、お白様はひんやりとした目で俺を見返した。

『なぜ、山の神は死んだと思う』

「それは……狼が絶滅してしまって、信仰がなくなったからでしょうか」

『ならば、おぬしはこの山が衰えるのも仕方がないと？』

「……そういうわけでは」

でもじゃあ、一体どうすればいいというのか。

「神主さん、どうしたの？」

眉根《まゆね》を寄せて黙っている俺を見て、結衣ちゃんが心配そうにたずねてくる。

「……いや」

少し迷ってから、俺は今のお白様との会話を、結衣ちゃんにもかいつまんで説明した。アルバイトとはいえ、彼女はうちの神社の巫女で、れっきとした仲間だ。

「前に、甘夏のお婆さんから、山の神の話を聞いただろう」

「うん。昔話に出てくる神様だよね」

「それは狼の神様で、最近までは本当に、この辺りにいたみたいなんだよ」

「そうなんだ！　狼の神様ってかっこいい！」

結衣ちゃんは目を輝かせて、手をぽんと打ち合わせた。

「だけど……山の神はすでに忘れられて、死んでしまって……そのせいで、山に異変が起こっているみたいなんだよ」


「えっ、そんなの大変！」

結衣ちゃんは不安げにご神木の梢を見上げた。

「山の神様は、もうどこにもいないの？」

「誰からも忘れられているしね……」

そう言いながら、俺は記憶《きおく》の中の狼の姿を思い出して、ずきりと胸が痛むのを感じた。あのとき、諦《あきら》めずに探していたら、違ったのだろうか。

暗い気持ちで俺が地面に視線を落としていると、結衣ちゃんが「じゃあさ」と声をあげた。

俺が目をあげると、結衣ちゃんは指先を口元にあてて、ちょっと考えるような仕草をしている。

「忘れられた神様を私たちが思い出したら、きっと生き返るんじゃないの？」


結衣ちゃんはたぶん、何の気なしにそう言ったのだと思う。

だが俺は、その言葉にハッとして結衣ちゃんの顔をまじまじと見返した。

「だって、神様なんでしょ？」

「……そうか、確かにそうだよな」

俺はひとり何度もうなずいた。

そうだ、俺は神主なのに、そんなことにも気づかなかったのか。

八百万《やおよろず》の神――それは、古くから日本に根付く信仰であり、自然の恵みに感謝し、荒ぶる自然が鎮まるのを願う、人の心だ。神は信仰がある限り、死ぬことはない。

狼が絶滅したのは本当だろうが、それがすなわち、古くから崇《あが》められてきた山の神が「死んだ」ということにはならない。

他の全員が忘れたとしても、誰も信じなかったとしても、俺は確かに、その姿を見たのだから。

少なくとも俺は、その姿を覚えているのだから。

『……やっと気づいたか』

お白様がおごそかにそう言葉を発した。

『われらが死ぬのは、完全に忘れ去られたとき』

「少なくとも俺が覚えているから、死んではいない、ということですね」

『いかにも』

「面目ありません」

神主失格だよな。探しもせずに、諦めかけるなんて。

『かの者を見出せるのは、人の子だけ――その姿を目にしたことのある、おぬしだけだろう』

お白様が鎌首をもたげて、赤い目でまっすぐに俺を見据えた。

『山の神を探し出してはくれまいか』

いつもは気ままで偉そうなお白様には本当に珍しい、頼みの言葉。

――ならば神主として、その言葉を叶《かな》えないわけにはいかない。

「わかりました。なんとしてでも」


「山の神様は、生きているのね？」

俺たちの会話のすべてを理解したわけではないだろうが。空気感を察したのだろう。結衣ちゃんがそっと俺にたずねかけた。

俺は彼女のほうに向きなおると、深々と頭を下げた。

「結衣ちゃん、ありがとう。おかげで、大事なことに気づいたよ」

彼女の言葉がなかったら、俺はいつまでも、うだうだ悩んだり、調べたりして時間を費やしていたかもしれないな。

「俺、山の神を探しに行こうと思う」

考えたって仕方ないじゃないか。ならば、足を動かすしかない。

「狼さんに会いに行くの？」

「ああ。実は、子どものころに一度、会ったことがあるんだよ」

「えっ、そうなんだ！　私も会いたい！」

結衣ちゃんはほうきを握りしめて、目を輝かせた。

「そうだね、結衣ちゃんも会えるように、がんばって探してくるよ」

山の神を探す、とはすなわち、森の奥深くに入っていくということ。当然、俺はひとりで探しに行くつもりだったが——結衣ちゃんは断固とした声で主張した。

「私も行く！」

意志の強い目で、まっすぐに俺を見てくる。

「いやでも、危ないかもしれないから……」

俺は首を振って、結衣ちゃんを押しとどめた。何よりも、俺自身が目的地をつかめていない。あてもない山歩きに、高校生の結衣ちゃんを巻き込むわけにはいかなかった。

「ひとりより、ふたりのほうが安全だよね？」

結衣ちゃんはにこっと笑って、譲らない構えだ。

沈黙がふたりの間で固まる。結衣ちゃんは目をそらさず、まっすぐにこちらを見てくる。

根負けしたのは、俺のほうだった。

「わかった、一緒に行こう」

「やった！　いつ行くの？」

結衣ちゃんが歓声をあげ、ワクワクとした顔で問うてくる。

「明日が日曜だから、さっそく明日にしよう」

天気もよさそうだし、きちんと準備をしていけば、それほど危険なこともないだろう。白水山には登山ルートもあるし、それほど高い山ではないから……。

そうと決まれば、作戦会議だ。

俺たちは、残りの掃除を大急ぎで済ませると、鳥居のすぐ側《そば》にある俺の家の縁側に座って、計画を練った。

ちなみに、会議のお供は沖縄土産のちんすこうと、いつもの宇治茶。

「ちんすこう、大好き！　さすが神主さん」

結衣ちゃんは嬉《うれ》しそうに、沖縄のお菓子をほおばっている。俺もつられて、ひとつ口に入れた。

ほろっとした触感にやさしい甘さがおいしいんだよな。

俺は縁側にノートパソコンを持ち出して、地図アプリを開いた。

庭で日向《ひなた》ぼっこをしていたトカゲが、興味津々で縁側にあがりこんで、ちゃっかりと会議に参加する。例の、背中に縞《しま》模様があって、しっぽが青いトカゲだ。

「これが白水山で、うちの神社はここな」

カーソルを動かして、神社とその裏に広がる山を指し示す。

「昔、白水神社《はくすいじんじゃ》ができる前は、山の中に祠《ほこら》があったらしいんだ」

うちの神社がある白水山は、きれいな水が湧《わ》き出《で》る場所として、古くから尊ばれてきた。昔は山の奥深くの水源近くに、山の神と水の神を祀《まつ》る祠があったが、いつしか人里近くの今の場所にお社が建てられて、白水神社になったらしい。

ならば、その起源の場所に行けば、何か手がかりをつかめるかもしれないと俺は考えた。

ただし、泉の場所は地図には載っていない。きっと、川の上流に向かえば、どこかにあるんだと思うが……。

『なにこれー』

トカゲがのんびりとした口調で聞いてくる。

「山の源探しだよ」

俺は結衣ちゃんに向かって説明しながら、トカゲの疑問にも答える。

「トカゲさん、まるで私たちの話を聞いてるみたい。かわいい」

小さいものの声は聞こえない結衣ちゃんだが、トカゲの様子に気づいてほっこりしている。

「そうだな。このトカゲ、いつもこうなんだよ」

ただのトカゲなのか、実は偉い神様なのか、さっぱりわからない。

「問題は、伝承にある源の泉が、どこにあるかだが……」

「それを探すのね！　冒険みたい」

俺たちが作戦会議を続けていると、ふいにトカゲが、無垢《むく》な声で言った。

『おしらさま、しってるよ』

俺は目を瞬かせて、トカゲを見た。トカゲは丸いつぶらな目で俺を見返す。

「明日は、朝早めに集合して、お白様のご加護をお願いしてから行こう」

俺はうなずいて、結衣ちゃんにそう伝えた。

トカゲの言葉を聞いといて、損はない気がする。

「狼さんが見つかりますようにって、私もお願いする！」

そうして作戦はまとまった。


翌日、俺と結衣ちゃんは朝早くに神社で集合した。

前回のタケノコ掘りの苦い経験を踏まえて、今日の俺は準備万端だ。飲み物と食料、糖分補給のお菓子に、レインコート、そして、沖縄土産の泡盛の小瓶《こびん》。

結衣ちゃんは、ポニーテールにキャップをかぶって、短パンにレギンスという山ガールスタイルだ。

うん。巫女服もいいが、山ガールもかわいいな。

ちなみに俺は、相変わらずの作務衣《さむえ》姿。神主としての意識を忘れたくないからな。

俺と結衣ちゃんは、まずは朝のお参りをしていく。

からん、からんと鈴を鳴らし、二拝二拍手一拝。

「お白様、お願い申し上げます。どうか、私に力をお貸しください」

俺は口の中で、お白様に呼びかけた。奏上に合わせて盃《さかずき》に泡盛をつぎ、お供え用の台の上にうやうやしくのせる。

神は、人の都合の良いようには動かぬのが常だが、真摯に願えば、助けてくれることもある。

ちなみに貢ぎ物も大事。

酒の匂《にお》いにつられたのか、まんまと白蛇が姿を現した。

『うまそうな酒だな』

ちろちろと舌を出して泡盛の味見をした後、するすると飲み干していく。

『うむ。米の香り高く、濃厚な酒だな』

お気に召したようで、お白様は満足そうに泡盛をそう評した。

『で、私にも同行せよと？』

俺が何も言っていないのに、お白様はすべてお見通しだ。俺はこくりとうなずいた。

「山の源に行こうと思うのです。山の神はきっと、そこにおわすのではないかと」

『よかろう。私からの頼みでもある。力を貸そう』

「ありがたきお言葉」

俺が一礼して両腕を差し出すと、白蛇は音もなく腕を登って、いつもの肩の上におさまった。


俺とお白様のやりとりを、結衣ちゃんが不思議そうな顔で見ていた。

「神主さん、お白様と話していたの？」

「まあね。お白様のご加護をお願いしていたんだ」

「もしかして、お白様も一緒に行くの？」

「ああ」

「すごい、怖いものなしね！」

準備が終わると、俺たちは出発した。

神社の境内を抜けて、本殿の裏の道から山へ入っていく。

「ねえ、神主さん」

俺の後ろを歩いている結衣ちゃんが、質問してくる。

「山の神様が狼なら、お白様はどんな姿なの？」

「あ、そっか、結衣ちゃんは知らないんだね」

神社にご神体が置いてあるわけでもないから、普通わからないよな。

「お白様は、白蛇だよ」

「蛇かあ、ちょっと怖いなあ」

結衣ちゃんはリアルな蛇を想像したのか、身をすくめている。

『うむ。畏《おそ》れるがよい。どこかの神主は、敬い方が足りん』

お白様が偉そうに、俺の肩からそんなことをのたまう。

「怖くはないよ。ただの呑兵衛《のんべえ》だから」

「蛇って酔っぱらうの？　ちょっとかわいいかも」

『これ、何を言っとるか』

白蛇が突っ込みを入れてくるが、俺はそれを無視した。

そんなどうでもいい会話をしながら歩いていくと、道は例の竹林に入っていく。

俺は深呼吸し、感覚を研ぎ澄ませた。きっとあいつがいるだろう。右手方向に気配を感じて振り向くと、背の高いしなやかな体つきの男が立っている。俺は気さくに挨拶《あいさつ》した。

「よう、その節はどうも」

『今度は何しにきたんや』

水の神までおられるんか、と竹男はうやうやしく頭をさげた。基本は偉そうなやつだが、山の神々に対しては忠誠心が厚いんだな。京都という、歴史ある土地の出身だからか。

俺は結衣ちゃんに「ちょっと待ってて」と声をかけると、道をそれて竹男に近づいた。竹の前に立つと、宇治茶の入ったボトルをすっと差し出して、一礼する。

「今から山の神に、ご挨拶にうかがうつもりだよ」

竹は意表を突かれたような顔をしたが、やがて目を伏せた。

『山に広く根を張っている俺でも、長らくお会いしてへんのや』

お前に見つけられるんか、と疑問を呈しながらも、その声にかすかな期待を感じ取って、俺はにっと笑った。

「まあ、うまくいくかは知らないが、やれることはやってみるよ」

だから、竹林の中は通らせてくれな、とお願いすると、竹野郎は『好きにしな』とつぶやき、ちゃっかりお茶は飲み干して、竹林の中にまぎれていった。

俺たちはカサカサに乾いた竹の葉を踏んで、小道をたどっていく。前回はすっかり迷わされたが、今回は平穏に通り抜けられそうだった。

『あの竹は、よそ者なのだ』

俺の肩の上で、お白様が静かに言った。

「関西生まれとか言ってましたね。誰かが持ってきて植えたんですか？」

『うむ。里のものが、森の木を伐《き》った後に植えた。そして、すごい勢いで成長し、他の木々の領域も侵していったから、山の植物には嫌われていた。だが、山の神はそんなやつのことも、受け入れた』

お白様は当時を懐かしむような、しみじみとした口調でそう語った。……そんなエピソードがあったのか。だからこそ竹男は、山の神のことを特別視しているのかもしれないな。

「山の神って、懐《ふところ》の広いお方なんですね。どこかの誰かとは違って」

『む？』

白蛇からすうっと霧のような冷気が発せられた。

『私を冒瀆《ぼうとく》するか』

「いえ、滅相もない。お白様は水のように清いお方だと存じております」

そしてときどき、水のようにつかみどころがない。

「神主さん、またお白様と話しているの？」

「あ、ごめん。そうなんだよ」

いかん、うっかりいつものノリで会話してしまった。

結衣ちゃんはお白様が見えていないし、声も聞こえていないんだよな。彼女は、俺が八百万のものと話していても、そういうものだとすんなり理解してくれるから、ついつい、気を抜いてしまう。

「お白様はおしゃべりなんだよ」

「白蛇さんが？　いいな、私もお白様とお話ししたい」

「話しかけたら喜ぶよ」

『私の言葉は、ありがたき神託と心得よ』

偉そうな白蛇の言。うん。これは別に聞こえなくてもいいかもしれない。


さらに進んでいくと、やがて竹が途切れ普通の木が生えているエリアに出た。道は急な登りに変わり、本格的な山登りの様相を示してきた。

「いくつか、登山ルートがあるな。だけど小さい泉なんて、地図には載ってないしな……」

事前に登山マップをダウンロードして、印刷して持ってきていた。電波がなかったときの対策だ。

地図には、山頂まで登るルートがいくつか記されているが、どこにも「水源地」については書かれていない。

「お白様、かつて源におわしたあなたなら、向かう先をご存じなのでは」

俺が問いかけると、白蛇はルビーのような赤い目を細めた。

『……源には、山の力を感じられる者しか、たどりつけない』

そこは山の霊気が集まる場所なのだ、と意味深なヒントを与えてくれる。

「山の力、か……」

俺にもそれがわかるだろうか？

目を閉じて呼吸を整え、山の力を感じ取ろうとするが、植物や虫、鳥など様々な気配が混じっていて、複雑すぎて読み取れない。

俺はふうっと息を吐きだすと、肩の力を落とした。

「難しいな……やっぱり、地道に歩いて探すしかないのか……」

俺が途方に暮れていると、お白様の赤い目がきらりと光った。

『仕方ない。特別に、水の加護を与えよう』

「おお、そんな技を隠し持っていたとは！」

お白様って、ただの飲んだくれの蛇じゃないんだな。

そこに座りなさいと言われ、俺は乾いた落ち葉の上に正座をした。

「結衣ちゃんも、そこに座って。お白様がご加護を授けてくださるそうだ」

「えっ、なにそれ」

結衣ちゃんはきょとんとしながらも、素直に俺の隣に座った。

お白様は俺の肩から降りると、俺たちに向き合ってきれいなとぐろを巻き、鎌首をもたげた。

額の小さな角の先に、水滴のような光がともったかと思うと、淡い光が広がって、俺たちの全身を包んだ。まるで、冷たい水に触れたようなひんやりとした光。その感覚に、俺は思わずぶるっと身震いした。

やがて光が消えて、森の中に静寂がおりる。

そのとき、俺は今まで気づいていなかった気配に気がついた。

「……水の音？」

森の奥から、水のせせらぎが聞こえる。

透明で、清らかで、本当にかすかな水の音。

「ねえ、結衣ちゃん、聞こえる？」

俺がそっとたずねると、結衣ちゃんも目を閉じて耳を澄ませた後、うなずいた。

「水の音がするね」

「……あっちに行ってみよう」

ほどなく俺たちは、森の間を流れる小川にたどりついた。澄んだ水が、ごろごろとした岩の間を流れ落ち、風は湿ってひんやりと涼しい。

「この川をたどってみよう。源がそちらにある気がする」


小川をたどって、さらに山の奥に入っていくと、明らかに森の空気が変わっていった。

ひと目で古い森だとわかるような、幹の太い木が目についた。厚く落ち葉の積もった地面は濡《ぬ》れていて、靴に水がしみてくる。岩には苔《こけ》がむして、幻想的な光景をつくっていた。

俺たちは、慎重に足場を選びながら歩みを進めた。

やがて木立の間に、ちらちらと光が見えてきた。俺たちは足を早めて、そちらに向かった。

そこは、小さな泉だった。

岩の間から水が湧き出て地面のくぼみにたまっている。そこだけ木がないせいか樹冠がとぎれて、青い空が見えていた。枝の隙間《すきま》からもれる陽《ひ》ざしが水面にさして、細かく光を反射していた。泉からは、細い川が流れ出している。ここは本当に、川の「はじまり」の場所なのだ。

「ここが山の源、か」

俺は小さな声でつぶやいた。伝承の中で語り継がれていた、白水神社の起源の場所。それを目の当《ま》たり《あ》にして、なんだか感慨深く、しばらく言葉が出なかった。

「昔の人が、ここに神様がいるって思ったの、わかるな。光がきらきらしているもの」

結衣ちゃんが感動したように、声をひそめてそう言った。

お白様がふと、俺の肩からするりと降りると、泉のほうへ音もなく近づいていった。泉の澄んだ水に頭を浸けると、水の中へすべりこむ。お白様の白い鱗《うろこ》が水に触れて、透き通るように見えたのは、目の錯覚か。

「……あれがお白様？」

結衣ちゃんが俺の隣でそうつぶやいた。振り返ると、結衣ちゃんは目を見開いて、泉のほうを見つめている。

「もしかして、見えている？」

「……うっすらと、白い蛇が光りながら、水の中を泳いでる」

清らかな水に触れて、お白様の力が増しているのだろうか。古くから、山の力がたまる神聖な地

として崇められていたのも、うなずける空気感だった。

「ここに、山の神もいるかもしれない」

かつてはここで、水の神と山の神が崇められていたというのだから。


俺と結衣ちゃんは泉の周りをぐるりと回って、山の神の印を見つけられないかと探した。

「もしかして、これが古い祠の跡？」

シダや小さな草花に覆《おお》われた泉の縁に、苔むしてほとんど朽ち果てた木造の小さな祠が見つかった。

屋根が傾いて草に埋《うず》もれていて、一目ではそれが祠だとわからないくらい、古びている。

言い伝えが本当なら、きっと明治より以前に置かれたものなんだと思う。

俺と結衣ちゃんは黙って祠に向かって手を合わせた。

山の泉は澄みわたり、頭上からは明るい鳥のさえずりが陽光とともに降ってきて、ただただ静かだった。


その後も、しばらく泉の周りを探索したが、どこにも山の神の印らしきものはなかった。

「ここにいると思ったんだけどな……」

俺はだんだん、自信がなくなってきた。山の神を見出すなんて豪語したけれど、山は広いし、もし地下にこもっていたりしたら、それこそ見つけようがないよな。

「天照大神《あまてらすおおみかみ》みたいに、岩屋に隠れているとか……」

「なにそれ？」

「古事記の物語だよ」

岩屋にお隠れになった天照大神は、他の神々が外でどんちゃん騒ぎをしているのが気になって、岩屋の戸を少し開けたところを、外に連れ出されたんだっけ。

俺たちも、ここでパーティーでもすればいいのかな?

いやいや。


しばらく周囲を探索したが何もわからず、途方に暮れた。

その間に、お白様は水からあがってくると、日の当たる岩の上でとぐろを巻いて、日向ぼっこをしていた。鱗が光を反射してきらきら光っている。額の角の先に水の雫《しずく》がついていて、水晶のようだ。

「ここで見ると、お白様がとんでもなく神々しいな……」

もしかしたら、昔ここには本当に白蛇がいて、それを見た昔の人たちが、この泉を守る水の神だと思ったのかな。その気持ちはよくわかる気がした。

根気強く探してもやはり手がかりはなく、仕方ないので俺たちは、泉のほとりの岩の上に乾いた場所を見つけて、休憩することにした。ちょうど昼の時間だったので、持ってきたおにぎりで昼食にする。

「ああ、おいしい。ただの梅干しおにぎりなのに、すっごいご馳走《ちそう》みたい」

結衣ちゃんがにこにこしながら、おにぎりをほおばっている。

「ここは特に、空気がきれいだからかもな」

俺もおにぎりにかぶりついて、同意する。

米が甘くて、梅干しの酸っぱさがまた、いいアクセントだ。

「あ、冷凍だけど、唐揚げもあるよ」

「やった、おいしそう」

プラスチック容器に詰めてきた唐揚げを、岩の上に置く。すっかり冷めているけど、森の中で食べると十分おいしい。

俺がふたつめの唐揚げをとって、かぶりつこうとした、そのとき。

『おなかへった』

そんな言葉が聞こえた気がして、俺は口を開けたまま動きを止めた。辺りを見回すが、誰もいない。

さわさわと、風のそよぎが聞こえるばかりだ。

「幻聴……？」

俺が気を取り直して、唐揚げを口に入れようとすると。

『おいしそうなにおいがする……』

今度は間違いなく、誰かがそう言った。

俺は唐揚げを置いて立ち上がると、声の主を探す。おそらく、人ではないものだ。

「神主さん、どうしたの？」

結衣ちゃんは声に気づいていないようで、怪訝《けげん》そうな顔でたずねてくる。

「しっ、声がしたんだ」

俺は足音を立てないよう静かに、声がしたとおぼしき方へ向かう。

朽ち果てた古い祠の側まで来たとき、間近から声が聞こえた。

『においが、ちかづいてくる』

目を凝らすと、苔むした祠の中から、犬のような小さな鼻面がのぞいている。

しゃがみこんで、恐る恐る中をのぞきこむと、暗がりの中から、金の双眸《そうぼう》が俺を見返した。

とたん、記憶の中のワンシーンが鮮やかに巻き戻される。


幼いころ、夜の森で出会った、金色の目。

『迷ったか』

泣いている俺にかけられた、穏やかな声。

神社まで導いてくれた、灰色の毛並みの温《ぬく》もり。

「ねえ、一緒に行こうよ」

手を差し伸べる俺に、獣は答えた。

『またいずれな』

「……いずれって、いつ？」

『……おぬしが、再びわれを見出したとき』

去っていく獣のりんとした後ろ姿が、まぶたの裏に残っている。

「……ついに見つけた」

俺は息を押し出すようにつぶやいた。

幼いころ、自分を助けてくれた獣にもう一度会いたくて、何度も探した。お礼が言いたかったし、もっと話をしたかった。だけどあのときは、ついぞ見つからなかった。

俺はそっと獣に向かって手を伸ばした。

「……お久しぶりです、山の神」

俺が感情をおさえてそう声をかけると、金色の光がおかしそうに瞬いた。

『……やっと来たか』

おごそかな言葉とともに、古い祠から一頭の獣が姿を現した。

灰色の毛並み、とがった耳と鼻先、ふさふさの尾。そして、鋭い光をたたえた金色の双眸。

だが、その体軀《たいく》は俺の膝の高さもない。

「……子犬？」

なんだか、記憶の中の姿とはちょっと違うような……。拍子抜けして、しばらく呆然《ぼうぜん》とする。

だけどその目の色と灰色の毛並み、そしてまとう空気感は、間違いなく昔出会った獣と合致する。

俺は気を取り直し、居住まいを正して問いかけた。

「あなたが、山の神ですね」

金の目をした子犬は、すっと背筋を伸ばして座ると、威厳をもって答えた。

『いかにも』

だがその直後、子犬は力が抜けたようにうずくまってしまった。

「ど、どうなされました⁉」

そういえばさっき、「おなかがへった」と言っていたような……。

まさか、腹が減って力が出ない？　「山の力の衰え」って、山の神の空腹が原因？

「なにか、お供えは……」

俺は急いで結衣ちゃんのところに戻ると、残っていた唐揚げを持ってくる。

本当は、神様への神饌《しんせん》として肉は避けるのだが、相手は狼の姿をとった山の神だから、特殊事例として構わないだろう。たぶん。

俺は姿勢を正し意識を集中させ、二拝すると、祝詞《のりと》を奏上した。

「掛けまくも畏《かしこ》き白水山の大前に、山宮翔太《やまみやしょうた》、恐《かしこ》み恐《かしこ》みも白《もう》さく
水清き源のほとりに　御食つ物　献奉りて　拝奉る状を
平らけく安らけく　諾《うべな》ひ聞食《きこしめ》して
山の恵み常に足ぬ事無く　山荒ぶる事無く
夜の守日の守に　守護給《たま》い恵み幸へ給へと
恐み恐みも白さく」

俺の言葉とともに、子犬の体をやわらかい金色の光が包んだ。すると、力がなかった子犬の目に、色が戻ってくるようだった。

祝詞が終わって、二拝二拍手一拝すると、神饌をうやうやしく子犬の前に差し出した。

子犬はぺろりと一口で唐揚げを平らげた。

『む。不思議と力が出る』

灰色の子犬は、満足そうに口の周りをなめながら、そうのたまった。本当に元気が出たようで、しゃきっと座っている。唐揚げ効果すごい。たぶん、食べ物そのものよりも、こうやって崇められ奉られることこそが、神の力の源になるんだろう。

『おぬしは、あのときの子どもじゃな』

灰色の子犬は、改めて俺の顔を見上げて、そう言った。

「ええ。お探し申しておりました」

『待っていたぞ』

「遅くなり、申し訳ございません」

俺はそっと手を伸ばして、子犬の毛並みに触れた。やわらかい温《ぬく》もりと手触り、思わずそっと抱きしめて毛並みに顔をうずめると、深い森の香りが鼻をくすぐった。その懐かしい匂いに、なんだか色々な感情が湧き出てきて、胸の奥がじわっと熱くなる。

『大きくなったものじゃな』

山の神も目を細めて、感慨深そうにつぶやいた。

『相変わらず、よき目と心を失っていない』

「……ありがたいことに」

長らくこの力を疎ましく思っていたけれど――昔から、この土地の八百万の神々は、俺の珍しい能力を喜び尊んでくれていたんだよな。ただ、自分自身が受け入れられていなかっただけで。

山の神の言葉でそのことを思い出して、俺はなんだか肩の力が抜ける気がした。


俺は子犬から体を離すと、その前に膝をついて、改めて山の神のお姿を確かめた。

「うーん」

いやしかし、本音を言うと、見た目は子犬だからどうにも威厳がないよな……。

俺は灰色の毛並みをもう一度モフモフしたい衝動を抑えて、おごそかに話しかける。

「よろしければ、外においでになりませんか。あちらには、おにぎりもありますよ」

『それは食べ物か』

子犬の耳がぴくぴくと動き、興味をひかれたように金色の目が光った。

俺が祠の前から一歩引いて道をあけると、小さな狼はもったいぶった様子で歩き出す。

その途中、長い眠りから覚めた後の動物のように、前足を伸ばして伸びをした。

ああ、どこからどう見ても子犬だ……。

俺は戸惑いながらも、結衣ちゃんがいる岩のところまで山の神を先導した。

結衣ちゃんは一部始終を不思議に思いながら眺めていたのだろう。

もの問いたげに俺の顔を見たので、小さく親指を立てて「見つけたよ」と伝えた。

『む、ここにも人の子がいる』

山の神はすんっと鼻を鳴らして、空気の匂いをかいだ。

結衣ちゃんは、近づいてくる子犬に気づいたのか、びっくりしたように目を丸くしている。

山の神の姿は結衣ちゃんにも見えるみたいだ。もしかしたら、以前からこうして狼姿で顕現して、人間の目にも触れていたのだろう。それだけ、力が強い証かもしれない。

「あの、神主さん、この子犬は……？」

「山の神だよ」

「え、狼さんじゃないの？」

たぶん、立派な狼を想像していたのだろう。現実は灰色のモフモフした子犬を目の前にして、結衣ちゃんは混乱している。

「きっと、小さい狼なんだよ。俺もよくわからないけど」

俺たちの会話はそっちのけで、子犬は泉の水で喉《のど》を潤している。

『……おぬし』

そこに、お白様の声が聞こえた。

泉の中を白蛇がすーっと泳いできたかと思うと、子犬の前の浅瀬で水面から鎌首をもたげた。両者が見合う。空気がぴりっとしたのが、肌身にも伝わる。

長い沈黙があった。

次の瞬間。子犬がぱっと白蛇に飛びかかると、その体を口にくわえて陸に引っ張り上げた。白蛇も負けじと子犬の首に巻きついて、二匹は絡《から》み合《あ》いながら地面の上をごろごろ転がる。

「え⁉」

俺は驚きのあまり、反応できない。

か、神々の争いが勃発した⁉

「わんちゃんと白蛇さんが喧嘩《けんか》してるっ」

「ストップ結衣ちゃん！」

結衣ちゃんが止めに入ろうとするのを、俺はあわててその腕をつかんで引き戻す。

「危ないから近づいちゃダメだ」

「で、でも……」

俺たちがハラハラして見守っていると、やがて両者はパッと離れて、距離をおいて見合った。

子犬は地面に伏せて、尾をぱたぱたと振っている。これは、遊びに誘う犬の体勢だ。とすると、喧嘩ではなくじゃれあいだったのか？

白蛇は岩の上に逃れると、するするとぐろを巻いた。

『くく。情けない姿になったものじゃな、白蛇』

小さな狼が言うと、白蛇は舌をちろちろと出し入れした。

『そちらこそ』

その会話と雰囲気で、やはりふたりは古い知り合いらしいと知る。

『なぜここに来た？　お前はとっくの昔に、この泉を去った』

山の神が鋭く問いただした。

『そこの人の子が、おぬしを探すと言うから、少しばかり手を貸してやったのだ』

お白様が目を細め、ひんやりとした声で答えた。

『なんじゃ、白蛇は人の子に従うのか』

『従ってはおらん。こやつは、この山の世話係だ』

『人に世話されるなど、白蛇も丸くなったものじゃ』

『世知辛い世の中だからな』

「ちょっとちょっと、お白様。世話係って、その言い方」

放っておくと、お白様がなんだか適当なことを言っているので、俺はあわてて割って入る。

誤解される前に、ちゃんと自己紹介をしておかないと。

「改めまして。私は白水神社で神主を務めております、山宮翔太と申します」

俺はきちっと地面に膝をつき、改めて山の神にご挨拶をした。

小さな狼は、疑《うたぐ》り深そうな目で俺を見てくる。神主という存在に馴染《なじ》みがないのだろう。

鋭い目線には威圧感があり、そびえたつ山と対峙《たいじ》しているような感覚になる。俺は気おされないよう、まっすぐに金の双眸を見返す。その目の色は、二十年前と変わっていない。

俺はすっと息を吸い込み、言葉を探した。

ひとつ、山の神を見つけ出したら、きっと伝えようと思っていたことがあった。

「よろしければ、白水神社にあなたをお招きしたいと考えています。おいでいただけますか？」

幼いころ、「一緒に行こう」と誘ったら断られた。あのとき山の神は「またいずれ」と答えた。

その「いずれ」はいつなのか。

今しかない、と俺は感じていた。大人になって、神に仕える身となった今なら、山の神を正式にお招きできる。むしろ、この機を逃せば二度と会えないという直感が働いた。

以前よりも小さな姿になっているのは——力が弱っている証拠だろう。人から忘れられ、かつてこの山を守っていた狼は、消えようとしている。

『……その神社とやらに行って、なにをするのじゃ』

「なにも。ただそこにおわして、訪れる人々を、見守ってくだされば」

現代の世の中、自然に宿る神々の存在は忘れられつつある。だが、神社が象徴となって、そこでお祀りすれば、人々の記憶にとどまり、神は生き続けるだろう。俺はそんなふうに考えはじめていた。

小さな狼はしばらく黙って、俺の提案について考えていたようだが、やがて口を開いた。

『窮屈なのはいやじゃ』

駄々《だだ》をこねる子どもみたいな言い分に、俺はガクッとなった。

お白様といい、神々はわがままだよな……。

いや、神様が自由奔放なのは、それこそが自然の姿だからなのかもしれないな。

水も山も、そのときどきで穏やかだったり、美しかったり、荒れたり、恵みをもたらしたりする。

だからこそ、崇められてきたんだろうから。

「そこをなんとか……こんな場所にいても、誰にも知られず、ひたすら眠り続けるだけですよ。あなたがいないと、山にもご神木にも影響があってですね……山の平穏のためにも、ぜひ」

俺はなんとかなだめすかして、山の神をお招きしようと説得するが、子犬はぺたりと耳を伏せて聞こえないふりをしている。

『人に崇められるのも、悪くはないぞ。この神域には、おぬしの力が必要なのだ』

お白様もそう言い添えたが、子犬はそれでも首を縦に振らない。

ここまできて、無力な俺。神主としてどうなのだ。


そこへ、つと結衣ちゃんが一歩前に出て俺の隣に並んだ。

「ねえ狼さん。おいでよ」

結衣ちゃんは今までのやりとりを知ってか知らでか、地面にしゃがみこむと手を広げて子犬を呼んだ。するると、子犬は尾を振っていそいそと、結衣ちゃんのほうへ行くではないか。

『かわいらしい女子じゃ』

こいつ、女好きか。神のくせして油断ならないやつだ。

「毛がふわふわ」

あああ！　結衣ちゃんが子犬をモフモフしている……！

子犬はまんざらでもなさそうに、目を細めてモフモフされている。

『おぬしと共に行けば、この女子もいるのか』

結衣ちゃんにひとしきりモフられた後、子犬が俺にたずねた。

「ええ。うちの巫女見習いです」

『よし、神社とやらに招かれてやる』

子犬があっさりそう言ったので、俺はずっこけてしまった。

なんて単純な。それでいいのか。いいんだな。俺はだんだん頭が痛くなってきて、額を押さえた。

うなだれていると、子犬がすたすたとこちらにやってきて、鼻面で俺の手に触れた。

『今のは冗談じゃ。少しばかり、からかっただけよ』

狼の喉《のど》の奥から、笑い声のような音が聞こえた。

『久しぶりに人の心に触れて、力が蘇《よみがえ》るのを感じる。それもまた、おぬしの力じゃな』

「……ありがたきお言葉で」

『かつて、われは約束をした。だから、おぬしと共に行こう』

「……ありがとうございます」

『礼を言うのは、われの方』

よくぞ再び見出した、と山の神はおごそかに告げた。

俺は安堵《あんど》するとともに、思わず狼の毛並みをモフモフし、その温かい首元に顔をうずめた。

それが、ちょっとばかり泣きそうなのを隠したかったから、というのは内緒だ。

終話　森の神社のこれから

とある五月晴れが気持ちいい朝。

俺《おれ》はいつもの通り、ご奉仕のために参道の長い階段をのぼっていた。社殿のところにたどり着くと、手水舎《ちょうずや》で手と口を清める。

お社の横手には古いご神木が枝葉を伸ばし、その根元には絣《かすり》の着物をまとったご神木の主《ぬし》が、静かに座して黙想していた。ご神木は、いっとき葉が落ちて元気がなさそうだったが、最近はまた新緑が芽吹いて、活力を取り戻したようだ。そのことに、俺はひと安心している。


「お犬様、お祭りの日取りが決まりましたよ」

拝殿に向かってそう報告したとき、ふいにガサガサっと音がして、森の中から灰色の毛玉が現れた。山の神である子犬――もとい狼《おおかみ》は、勢いよくこちらに駆けてくると、勢いよくジャンプして拝殿の上に飛びのり、きちんと足をそろえて座った。

『なんと言った』

お犬様が偉そうにたずねた。その頭には、紫色の花がたくさんくっついている。藤の花かな。

「氏子さんたちとも相談して、お犬様を正式にお招きする、お祭りの日が決まったんです」

古い神様を新たにお招きするなんて、氏子さんたちがどう言うかなと思ったけれど、意外と古い伝承を覚えている人がちらほらいて、すんなり認められたのだ。

『お祭りとはなんじゃ』

子犬は興味なさそうに、後足で耳をかいている。

「みんなで神様を崇《あが》める日だよ。お供えもあるよ」

お供えと聞いて、お犬様のとがった耳がぴくりと動いた。

『それは肉か』

「いえ、普通、神社の神饌《しんせん》に肉類はご法度なんですよね……」

『おにくじゃないと、いやじゃ』

駄々《だだ》をこねる子犬。俺が困っていると、拝殿の梁《はり》からするんと白蛇が降りてきて、定位置である賽銭《さいせん》箱の上でとぐろを巻いた。

『私は酒でよい』

「ええ、存じております」

お白様が無類の酒好きなのは、俺もよく知っている。そこはぬかりない、と思ったら。

『先の濃厚な酒、あれがよい』

「え？　泡盛ですか？　とっくになくなりましたよ」

『おぬしが手に入れてくるのだ』

『おにく！』

口々に好き勝手を言う神々に、俺は頭を抱える。自由でよろしいことで。

気を取り直して、俺は朝の参拝をする。

神主の正装である浅葱色《あさぎいろ》の狩衣《かりぎぬ》姿で、拝殿の前に立った。すっと息を吸い込み、からんからんと鈴を鳴らし、作法にのっとって拝礼する。

二拝二拍手一拝。

柏手《かしわで》の音が静かな境内《けいだい》に響いた。

鎮座する白蛇と小さな狼は、満足げに目を細めている。

泣いても笑っても、この二柱が白水神社《はくすいじんじゃ》の起源ともいえる、古い神様だ。

一柱は、水を司《つかさど》る白蛇。正式には「白水龍神」といって、金運アップのご利益があるとか。通称お白様。

もう一柱は、山を司る狼。正式名を「大口真神《おおぐちのまがみ》」といって、魔除《まよ》け・厄除けのご利益があるという神様だ。通称お犬様。

ちなみに、蛇つながりで、後代にお招きされた弁天様も祀られているのだが、彼女は全国で大人気の有名な神様なので、こんな田舎の寂れた神社に顔を出されることは、滅多にない。

お犬様とお白様はちょっと喧嘩《けんか》しそうな取り合わせだが、それなりにうまくやっている。

『鶏肉じゃ』

『古酒がよい』

「はいはい……」

まだ言っている二柱は放っておいて、俺はいつものご奉仕、もとい神社の掃除にとりかかった。

森の梢《こずえ》からは木漏《こも》れ日《び》がさして、境内に明るい光を添えている。

気ままな白蛇と金眼の子犬と、八百万《やおよろず》のものたちに翻弄される俺の兼業神主生活は、始まったばかりだ。

あとがき

はじめまして。さとのと申します。

このたびは、数ある物語の中から『しがない兼業神主の八百万な日常』をお手に取ってくださり、ありがとうございます。


この小説は、森や山に棲まう草木花虫の姿を描きたくて書きはじめました。

だから、神社が舞台ではありますが、いわゆる「神話の神様」や「あやかし」といったものはあまり登場しません。

どちらかといえば、古神道の自然崇拝やアニミズムに近いような、巨木や川や山、狼や烏、古い家屋などに宿る八百万の神様や、自然にひそむ「小さきものたち」の姿を好きに妄想して書いています。

あやかしが好きで、期待して手に取られた方がいらっしゃいましたら、すみません。

自然にひそむものたち、という発想に至ったのは、以前、東南アジアの農村部に滞在していた時期があって、精霊信仰を大事にしている少数民族の人たちと暮らした経験も、少なからず影響しているかもしれません。

そんな着想点から書き進めていくうちに、田舎に戻って新米神主としてお勤めすることになった主人公・翔太《しょうた》が、「人ならざるもの」に振り回されながらも、頼りにされ、なんだかんだ楽しく暮らしていく日常を描いた物語になりました。

舞台となる神社のご祭神・白蛇のお白様。
ご神木であるイチイガシの主。
しだれ桜に宿るちょっと根暗な女の子。
手水舎の苔の化身である小さな人。
さらには、古の山の神様……。

気ままで自由でかわいらしく時に怖ろしい「人ならざるのものたち」との交流を、ほっこりしたり、癒されたり、楽しみながら読んでいただけたら嬉しいです。
そして日常に戻ったときに、あちこちにひそんでいるかもしれない彼らの気配を、想像してみていただけたらなと思います。

……あとがき四ページって長いですね。
ページが余っているので少し自己紹介を。

出身は大阪で、このあとがきを書いている時点では福岡在住です。
でも数年おきに引越しを繰り返しているので、ずっと福岡にいるかは不明。
その前は東南アジアのラオスに十年くらい住んでいました。

もともと、農業や森林調査みたいな仕事をしていたこともあって、今でも雑草観察が趣味です。
そういう意味で本作は、作者の趣味や専門を存分に活かしたお話になっているんじゃないかと思います。

そんな感じで、わりとニッチな経歴を歩んできているので、それを活用して、今後も少しニッチな視点からの小説を書いていけたらなあと考えています。

最後になりますが、この本を世に送り出すにあたってご尽力くださったみなさまに、心よりお礼の言葉を申し上げたいと思います。

主人公や八百万のものたちの姿を、生き生きと素敵に描いてくださった、Izumi様。

オンラインにひっそりと投稿していたこの小説を見つけ出し、形になるまで親身に伴走してくださった担当編集のK様、H様。

その他、本作の書籍化に関わってくださったみなさま。

執筆活動を支えてくれた家族と友人たち。

そして、この作品を投稿時代から読んで応援してくださった読者の方々。

本当に、ありがとうございました。


またどこかでお会いできることを願っています。

GAノベル

しがない兼業神主の八百万な日常

2024年9月30日　初版第一刷発行

著者　さとの
発行者　出井貴完
発行所　SBクリエイティブ株式会社
〒105-0001　東京都港区虎ノ門2-2-1
装丁　AFTERGLOW
印刷・製本　中央精版印刷株式会社

ISBN978-4-8156-2492-7
Printed in Japan

本書は、カクヨムに掲載された
「しがない兼業神主の、人と人ならざるものとの交流日記
を加筆修正、改題したものです。

ファンレター、作品のご感想をお待ちしております。

〒105-0001　東京都港区虎ノ門2-2-1
SBクリエイティブ株式会社
GA文庫編集部 気付

「さとの先生」係
「Izumi 先生」係

本書に関するご意見・ご感想は
下のQRコードよりお寄せください。
※アクセスの際に発生する通信費等はご負担ください。

https://ga.sbcr.jp/

試読版は
こちら!

第17回 GA文庫大賞
GA文庫では10代〜20代のライトノベル読者に向けた
魅力溢れるエンターテインメント作品を募集します！
書く、その先へ。
イラスト／はねこと
大賞賞金300万円＋コミカライズ確約！
◆募集内容◆
広義のエンターテインメント小説（ファンタジー、ラブコメ、学園など）
で、日本語で書かれた未発表のオリジナル作品を募集します。希望者
全員に評価シートを送付します。
※入賞作は当社にて刊行いたします。詳しくは募集要項をご確認下さい。
全入賞作品を刊行までサポート!!
応募の詳細はGA文庫公式ホームページにて
https://ga.sbcr.jp/